btb
Aus Freude am Lesen

Ein Roman über die Loser einer Generation, über den urbanen Rand: eine Handvoll Menschen lebt in tristen Hochhäusern im Zagreber Vorort Utrine. Der Zerfall ihres Landes hat sie mit sich gerissen, ihre jugendlichen Illusionen sind schon lange dahin. Nun ist es an der Zeit, das zu verändern, was sich noch verändern lässt. Da ist Baba, der ständige trinkende ehemalige Erfolgsautor, seine Frau Vera, die müde ist von den vielen Jahren, in denen sie darauf gewartet hat, dass ihr Mann endlich wieder zu sich findet; Babas Freund Kančeli, ein ehemaliger Rechtsanwalt, der in einer Wohnung ohne Möbel lebt; der alte Seemann Stjepan, der nur noch am Sex mit der alternden Magda Interesse hat oder Robi, der verhinderte Dichter …

»Ein Gruppenportrait voller Melancholie und Komik.«
Deutschlandfunk

Edo Popović, geb. 1957, lebt in Zagreb. Er war Mitbegründer einer der einflussreichsten Underground-Literaturzeitschriften des ehemaligen Jugoslawiens, 1991–1995 arbeitete er als Kriegsberichterstatter, dessen unideologische Reportagen ebenso angesehen wie gefürchtet waren. Sein erster Roman »Mitternachtsboogie« avancierte zum Kultbuch seiner Generation, mit den folgenden Romanen und Erzählbänden (u. a. »Ausfahrt Zagreb-Süd«, »Kalda«, »Der Spieler«) wurde Popović zu einem der aufregendsten osteuropäischen Erzähler. Zuletzt erschien im Luchterhand Verlag »Der Aufstand der Ungenießbaren«.

Edo Popović

Ausfahrt Zagreb-Süd

Roman

Aus dem Kroatischen
von Alida Bremer

btb

Gefördert vom *Literarischen Colloquium Berlin*
mit Mitteln des Auswärtigen Amtes und der
Senatsverwaltung für Wissenschaft, Forschung
und Kultur Berlin.

MIX
Papier aus verantwortungsvollen Quellen
FSC
www.fsc.org
FSC® C083411

Verlagsgruppe Random House FSC-DEU-0100
Das für dieses Buch verwendete
FSC®-zertifizierte Papier *Lux Cream*
liefert Stora Enso, Finnland.

1. Auflage
Genehmigte Taschenbuchausgabe November 2012,
btb Verlag in der Verlagsgruppe Random House GmbH, München.

Umschlagmotiv: © plainpicture / Kniel Mess © Millenium Images /
LOOK-foto
Druck und Einband: CPI – Clausen & Bosse, Leck
MM · Herstellung: BB
Printed in Germany
ISBN 978-3-442-74193-9

www.btb-verlag.de
Besuchen Sie auch unseren LiteraturBlog www.transatlantik.de.

ÜBER DIE ANGST VOR DER RÜCKKEHR NACH HAUSE UND DAS AUSSTERBEN DES EINHEIMISCHEN BIERES

Also, stellt euch mal vor, dass direkt vor eurer Nase ein Flugzeugträger vorbeifährt, mit all diesen ohrenbetäubend laut donnernden Dingern, die ständig starten und gen Himmel schießen. Oder dass sich eine Gruppe rechtsradikaler Mädchen in Reih und Glied auf den Bürgersteig stellt, in Miniröcken und Netzstrümpfen, und für die sozialen Rechte der eingewanderten afro-asiatischen Prostituierten agitiert und diese Mädchen es nebenbei für lau machen. Oder dass in eurem Wohnzimmer der Papst und Fidel Castro Rumba tanzen. Und ihr tut gar nichts, ihr reagiert überhaupt nicht, bemerkt das alles nicht einmal. Weil all eure verfügbaren Kräfte, all eure Nervenzellen und Fasern, jene weiße Materie im Inneren, die Spitze eines jeden Härchens, weil all das sich mit etwas Schicksalhaftem beschäftigt. Aber mit etwas wirklich Schicksalhaftem.

Mit dem Endspiel der Fußballweltmeisterschaft zum Beispiel, bei dem eure am Verlieren sind, aber jetzt haben sie gerade wieder Ordnung in ihre Reihen gebracht und den Gegner in die Zange genommen, und ein Tor liegt in der Luft, und die Spannung ist kaum noch zu überbieten, und dann krepiert euer Fernseher. Und ihr starrt ungläubig auf diesen beschissenen Kasten.

Mit einer Flasche draufkloppen.

Ihn aus dem Fenster werfen.

Sich selbst aus dem Fenster werfen.

Was tun?

Das ist es, womit sich euer Gehirn beschäftigt, nichts anderes interessiert es.

In diesem Zustand befindet sich Baba. Er sitzt in der Agramer Redaktion vor dem PC und glotzt den Bildschirm an, mit eben diesem Der-Fernseher-ist-krepiert-Blick. Baba glotzt also auf das leere Microsoft-Fensterchen und wartet darauf, dass ein Wunder geschieht. Dass auf dem Bildschirm ein Satz erscheint wie die Heilige Jungfrau der Software, ein einziger schäbiger Satz, und anschließend wird er es schon hinkriegen. Kein Problem. Er braucht nur diesen ersten Satz.

Und heute früh hatte alles so einfach ausgesehen. So irrsinnig einfach. Als er heute früh zur Arbeit fuhr, hatte er die Geschichte, den ersten Satz, ein paar tolle Motive, alles. Jetzt hat er eine unendliche, virtuelle Papierrolle vor sich, das leere Fensterchen, hinter dem nichts ist.

Alles in Ordnung?

Baba fuhr erschrocken auf und hob den Blick. Diese Stimmen, die plötzlich von irgendwoher donnern. So wie Gott damals Abraham wegen Isaak zu sich rief. Zum Glück wandte sich Gott selten an Baba. Auch diesmal war er es nicht. Neben Babas Schreibtisch stand nur die Journalistin vom Lokalteil. Sie war erst seit einigen Wochen in der Redaktion, und die Arbeit hatte noch keine Schäden hinterlassen. Weder innen noch außen. Sie hatte noch immer nicht begriffen, wo sie hingeraten war. Sie dachte, dass der Redakteur des Lokalteils sie aus Liebe fickte und dass all die gastritischen, reizbaren und aufgedunsenen Veteranen mit den blutunterlaufenen Augen wie Baba hochinteressante Typen seien. Sie dachte, sie seien cool, dabei begriff sie überhaupt nicht, dass auch sie in ein paar Jahren genauso hochinteressant sein würde. Und dass sie dann von sich selbst gar nicht mehr denken würde, sie sei cool.

Was ist, sagte Baba, nachdem er sich wieder gefasst hatte.

Diese Schrottkisten, sagte sie. Mein Computer ist auch irgendwie hängengeblieben.

Der Computer ist in Ordnung, sagte Baba.

Und wenn du ihn einfach neu starten würdest.

Das Problem ist hier, Baba tippte mit dem Finger an seine Schläfe.

Den kann man auch wieder neu starten, sagte sie.

Vielleicht, sagte er. Sollen wir?

Was?

Uns einen Drink reinhauen, sagte Baba, das System hochfahren und so.

Ich muss schreiben, sagte sie.

Schon klar, sagte er, warum bin ich nicht gleich drauf gekommen?

Die Terrasse des Cafés vor der Redaktion war vollständig mit Journalisten besetzt. Sie unterhielten sich laut, lachten und kippten ihre Drinks. Einige riefen Baba zu, er solle sich zu ihnen setzen. Er winkte ab und ging weiter zum Parkplatz. Jener so leicht verdunstete Satz quälte ihn noch immer. Scheiße, er hätte heute Morgen irgendwo am Straßenrand anhalten und ihn aufschreiben sollen. Jetzt war es zu spät. Wie oft war ihm nur deshalb etwas verloren gegangen, weil er gedacht hatte: Ich mach es später. Morgen.

Ich habe Zeit. Aber solche Dinge warten nicht lange auf einen. Sie sind ständig in Bewegung. Sie schießen auf ihren eigenen Bahnen entlang, und nur manchmal kreuzen ihre Bahnen die unseren. Die Frau, an der du vor einigen Tagen auf der Straße vorbeigelaufen bist – ihr werdet euch wahrscheinlich nie wieder treffen. Sie hat dich angelacht, als würde sie dich kennen, du hättest Hallo sagen und ein Gespräch anfangen können, wer weiß, was daraus geworden wäre, aber du hast es nicht getan. Du hast zu lange nachgedacht, und als du dich nach ihr umgedreht hast, war sie schon in der Menge verschwunden. Und jetzt ärgerst du dich schwarz. Du musst schnell sein, wenn so etwas passiert. Erst die Gelegenheit ergreifen und dann nachdenken. Die Dinosaurier sind ausgestorben, weil sie zu langsam nachgedacht haben. Sie haben nur an ihren Pflanzen herumgekaut und gedacht: Wir haben Zeit. Nur die Ewigkeit hat Zeit, klar?

Baba fuhr auf der Slavonska Avenue Richtung Osten und fragte sich: Wohin jetzt? Nach Hause? Nein, kommt gar nicht in Frage, auf keinen Fall nach Hause. Zu Hause ist es traurig. Beim Fernsehgebäude bog er in Richtung Norden ab und raste auf der Miramarska Straße ins Zentrum. Einge Zeit fuhr er durch die Innenstadt und versuchte dabei, sich ein Ziel zurechtzulegen. Die Szenerie war immer die gleiche: links und rechts bewegten sich die Häuser und dazwischen zwinkerten die Ampeln. Dann wurde es ihm langweilig, so im Kreis herumzufahren. Er konnte sich nicht entscheiden wohin. Kein Ort, der ihm einfiel, zog ihn besonders an. Welcher Ort könnte denn auch schon etwas Besonderes sein, um vier Uhr nachmittags, mitten im Sommer, in Zagreb? Während er an der Kirche des Heiligen Vinko auf Grün wartete, blickte er auf die Häuserfassaden der Ilica. Er zauberte vor sich hin – damit etwas passiert. Dass eine Straßenbahn durch die Ilica fährt. Dass der Kran, der über den Dächern da hinten emporragt, umstürzt. Oder dass zumindest jemand mit einer Kalaschnikow in der Hand aus einem Hauseingang stürzt und beginnt, auf die Passanten zu schießen. Es passierte gar nichts. Er bog in die Dalmatinska ein und parkte.

Baba wünschte sich, nach Hause gehen zu können. Seine Mokassins auszuziehen, beiläufig Vera zu küssen, ein kaltes Bier zu öffnen, sich auf die Couch zu werfen und ihr von seinem Tag zu erzählen.

Ihr erzählen, wie ein im Gebüsch neben dem Studentenwohnheim lauernder Kater einen Spatz gefangen und aufgefressen hatte.

Und wie eine Frau auf dem Bürgersteig der Gundulićeva umgekippt war und die Passanten entweder über sie gestiegen oder einfach um sie herumgelaufen waren.

Oder dass der alte Mann, der zuschaute, wie der Wind eine Plastiktüte herumwirbelte, sagte: Menschenskinder, wie einfach das doch alles ist.

Baba kann jedoch nicht nach Hause gehen und Vera von dem Kater, von der Frau und dem alten Mann erzählen. Aber nicht weil es alte Geschichten sind und weil er sie Vera schon längst erzählt hat. Das ist gar nicht das Problem.

Das Problem ist, dass Vera ihn schon seit einiger Zeit mit diesem stummen, gespannten Blick empfängt, der auf ihn wirkt wie ein Elektroschock.

Vera SIEHT Baba eigentlich überhaupt NICHT AN, wenn er nach Hause kommt. Sie MUSTERT ihn. Sie mustert die Elastizität seines Schrittes. Wie stark er die Knie beim Laufen beugt. Ob seine Hand nach der Wand sucht. Wie stark seine Haltung von der Vertikalen abweicht.

Vera hört auch nicht mehr darauf, was Baba sagt, sondern nur noch ob er aus dem Hals oder aus dem Bauch spricht.

Und Baba betritt immer häufiger die Wohnung mit diesen steifen Schritten, kaum die Knie beugend, besoffen wie ein Brett. Er grüßt mit einem Grunzen tief aus dem Magen. Seine Hand sucht panisch nach der Wand.

Jesus, grunzt er, was für einen schrecklichen Tag ich hatte.

Oder: Seit heute Morgen platzt mir der Kopf, es ist zum Verrücktwerden.

Oder: Etwas, was ich in der verdammten Kantine gegessen habe, war nicht in Ordnung.

Oder etwas Ähnliches.

Und Vera wendet sich ab. Sie sagt nichts, verliert sich nur in ihren Gedanken. Und Baba schleppt sich hinüber zur Couch und beginnt, große Pläne zu schmieden. Er schwafelt von dem Roman, den er schreiben wird. Oder davon, dass man ihn bei einer anderen Zeitung haben will und ihm viel Geld anbietet. Oder davon, dass er heute überhaupt gar nichts...

Vera hört ihm nicht zu. Ihre Ohren empfangen immer schlechter auf Babas Frequenz. Und er verliert sich in den Labyrinthen unzusammenhängender Gedanken. Und dann schläft er ein.

Wenn er dann wieder aufwacht, beginnt er mit irgendeinem Thema und tastet das Terrain ab. Er beobachtet Vera und versucht zu rekonstruieren, was passiert ist, als er nach Hause kam. Ist er ihr auf den Geist gegangen? Hat er sie angemotzt? War sie überhaupt zu Hause, als er kam? Er erzählt etwas ohne Sinn und Verstand und sieht Vera mit den Augen eines Boxers an, der in die Ecke gedrängt wurde. Und Vera schweigt nur, an ihrem Gesicht kann man nicht ablesen, was sie denkt. Deshalb hat Baba so eine Scheißangst, nach Hause zu gehen. Die Angst vorm Nachhausegehen ist eine unerforschte Krankheit. Sie wird aus unerfindlichen Gründen völlig vernachlässigt, und im Unterschied zu anderen Ängsten hat sie keinen medizinischen Status. Sie hat nicht mal einen Namen. Wie kuriert man sich von einer namenlosen Krankheit, die von der Medizin ignoriert wird? Und deshalb steht Baba an der Theke des Komiža in der Masarykova, immer noch in seinen Straßenschuhen, trinkt schweigend sein lauwarmes Bier und denkt über die Dinge nach, über die üblicherweise die Typen nachdenken, die an der Angst vorm Nachhausegehen leiden.

Oh, Herz der Stadt, du hast mir meine Jugend geschenkt, quietschen die Verse eines alten Schlagers aus dem Lautsprecher an der Wand, und Baba wischt sich mit der Hand den Schaum vom Mund und denkt darüber nach, wie diese schäbige Kaschemme immer noch Widerstand leistet gegen die unbarmherzigen Böen der neuen Winde. Was das heißt? Vor allem, dass man in dieser Kneipe noch immer einheimisches Bier bekommt. Und das ist kein ganz unwichtiger Punkt, wenn man es sich genau überlegt. Als unaufgeklärter Globalisierungsgegner, aber auch weil es ihm vollkommen klar war, dass der Witz über die Oktoberrevolution und den Wodka im Grunde gar kein Witz ist, blieb Baba ziemlich gleichgültig gegenüber der Lawine von Neuheiten, die Zagreb nach dem Fall des Eisernen Vorhangs zuschüttete. Zehn Jahre später stellte Baba nun fest, dass – wenn alle Plus und Minus gegeneinander aufgerechnet werden – die einzig nennenswerte Veränderung darin bestand, dass die Anzahl der Kneipen, in denen man einheimisches Bier bekommt, abgenommen hatte. Es stellte sich heraus, dass diese legendäre Demokratie, von der man soviel erzählt hatte, im Grunde nichts anderes war, als ein Arschtritt für das einheimische Bier.

Baba war also unermesslich verwundert (und erfreut) darüber, dass seine Kneipe Komiža immer noch genauso war wie eh und je. Mit ihrer mit Stahlplatten beschlagenen runden Theke, die aussah wie ein MG-Stand und die von den Ellenbogen vieler notorischer Schnorrer blank poliert worden war, ihrem Hängeregal mit den Hochprozentigen über der Theke und der Glasvitrine (Sandwichs mit Fleischwurst verziert mit Mayonnaise und einem welken Salatblatt). Mit den Barhockern aus Holz, den Keramikfliesen an den Wänden und den Hängelampen aus falschem Kristall. Dann noch dieses Klo, das zum Himmel stinkt, mit der ständig verstopften Kloschüssel, den gesprungenen Pissbecken und dem vollgeschifften Fußboden – aber OHNE diese Naziaufkleber mit den durchgestrichenen Zigaretten. Und schließlich die rundliche Wirtin in der weißen Bluse, dem dunkelblauen Rock und den abgetretenen Kellnerinnenschuhen an den geschwollenen Füßen. Sie versteht nur eine klar begrenzte Anzahl von Bestellungen. Kaffee. In Ordnung. Tee. Indisch oder Hagebutte? Ožujsko-Bier. Klar. Weinschorle. Graševina oder Rizling? Cognac. Kommt sofort. Pelinkovac, Loza, Travarica... Selige Einfalt, immer seltener in einer Welt, die mit Informationen und Innovationen nur so bombardiert wird. Baba wunderte (und freute) sich, dass keiner von den Verbrechern, die im Krieg das große Geld gemacht hatten, ein Auge auf diese Kneipe geworfen und sie in etwas verwandelt hatte, über dessen

Tür zum Beispiel RISTORANTE DELL' ARTE GRANDIOSA steht und wo sie all diese komplizierten Speisen und Getränke servieren, deren Namen dir die Zunge verknoten, als wärest du besoffen.

Aus irgendeinem bescheuerten Grund, überlegte Baba und gab dabei der Wirtin ein Zeichen, ihm noch ein Glas einzuschenken, glauben die Leute, dass sie, wenn sie ein derartiges Grandioso betreten, auch selber bestimmte Eigenschaften annehmen. Dass sie sich, wenn sie ein italienisches oder französisches Gebräu mit kompliziertem Namen herunterschlucken, automatisch in eine parallele, auf jeden Fall weitaus bessere Welt katapultieren. Werden da etwa Pejotl und heilige Pilze als Beilage serviert und mit LSD gefüllter Kuchen? Was soll der Scheiß?, fragte sich Baba. Warum versuchen wir hartnäckig etwas zu sein, was wir überhaupt nicht sind? Warum verarschen wir uns gegenseitig? Ja, es stimmt, ich werde mies bezahlt und stecke bis zum Hals in Schulden, die ich Zeit meines Lebens kaum zurückzahlen kann. Aber ich fahre A-Klasse und verkehre im Grandioso. Und du? Was fährst du und wo verkehrst du? Wenn es so ist, dachte er und beobachtete, wie der Schaum über den Rand des Bierkruges und die fleischigen Finger der Kellnerin lief, kannst du in diesem Evolutionskampf eigentlich nur noch für die Kakerlaken sein. Die sind okay, die kümmern sich um ihren eigenen Kram und beschäftigen sich nicht mit irgendwelchem dummen Zeug.

Die Kellnerin stellte einen neuen Bierkrug vor Baba ab, und er fragte sich, ob sich diese Frau nun in eine Wolke von Schmetterlingen verwandeln würde, von denen sich einer dann auf eine

Rose setzte, die Baba pflücken würde, und eine Tür würde sich vor ihm öffnen, jene wahre Tür, die wir alle herbeisehnen und hinter der es keine abgestellten Telefone, keine letzte Mahnung von der Bank gibt, keine überfüllten Straßenbahnen, keine Menschen, die mit Kreide auf den Bürgersteig gezeichnet sind...

Keine Chance, Baba schüttelte den Kopf. Das Komiža ist ein Zeitloch, in dem nichts passiert. Die Zeit ist hier schon lange stehen geblieben. Baba dachte oft von sich, er sei ein Wesen, das in der Zeit stecken geblieben ist. Mit sechsundvierzig kann man nicht mehr von vorn anfangen. Man kann nur warten. Und das Warten ist angenehmer bei dem einen oder anderen Bier, nicht wahr?

Baba trank sein Bier auf ex, legte Geld auf den Tresen und ging auf die Straße hinaus. In eine Welt, in der Menschen auf Bürgersteigen zusammenbrachen, sich mit ihren Zähnen ans Leben klammerten, hin und her sausten ohne zu begreifen, dass sie früher oder später auf eine Einbahnstraße geraten werden, aus der es keinen Ausweg gibt.

ÜBER PREMIUM-BIER UND EINEN INTERNATIONALEN LAUREATEN

Robi schloss die Tür der Buchhandlung hinter der jungen Frau, die ihm schon seit zwanzig Minuten auf die Nerven ging (zwanzig Minuten nach Ladenschluss, um genau zu sein), indem sie die Bücher in den Regalen durchstöberte. Es war wieder einer jener nutzlosen Tage, an denen er fünf, sechs Bücher verkaufte, meist diese Psycho-Ratgeber, Selbsthilfe und dergleichen. Heutzutage gehen solche Sachen recht gut.

Sie haben kein Geld für einen Sommerurlaub, und die Tage sind verflixt lang. Wohin mit soviel Zeit? Aus Langeweile beginnen sie, sich mit sich selbst zu beschäftigen, was sie natürlich verrückt macht. Es gibt nichts Schlimmeres, als sich mit sich selbst zu beschäftigen. Das deprimiert, das macht einen fertig. Sie tun ihr Bestes, um dagegen anzukämpfen. Sie spielen Karten im Park, sie starren ins Leere, lösen Kreuzworträtsel, saufen, lesen verschiedene Experten-Tipps in den Zeitungen und eben diese Ratgeber. Und wenn nichts hilft, springen sie von einem Hochhaus. Das hilft garantiert dabei, sich von sich selbst zu befreien.

Es gibt einen, der plemm-plemm ist und regelmäßig in die Buchhandlung kommt und Robi von Selbstmorden berichtet. Die halbe Stadt kennt ihn, er war immer schon plemm-plemm, er drehte immer schon im Zentrum seine Runden und belästigte die Menschen mit seinen Geschichten. Im letzten Winter traf ihn ein Eiszapfen, der vom Dach fiel, am Kopf, was ihn sehr erschütterte. Seitdem beschäftigt er sich ausschließlich mit Selbstmördern. Arbeit gibt es im Überfluss, jeden Tag springt jemand oder erschießt sich oder Ähnliches.

Auch an diesem Abend platzte der Verrückte in die Buchhandlung. Das heißt, eigentlich blieb er in der Tür stehen und sagte enttäuscht: Nichts. Und Robi antwortete: Was soll's, morgen wird es vielleicht besser. Und der Typ ging weg und schüttelte dabei verwirrt den Kopf. Und dann kam diese junge Frau.

Robi wusste sofort, dass sie nichts kaufen würde. Sie hatte nicht die Haltung eines Buchkäufers, kein süchtiges Glänzen in den Augen. Und wahrscheinlich betrat sie die Buchhandlung nur, um sich die Zeit bis zum Treffen mit ihrem Freund oder einer Freundin zu vertreiben. Sie schaute ihn nicht einmal an, kreiste nur um die Regale und berührte die Buchrücken mit ihren Fingern, und er stand in anständiger Entfernung und betrachtete sie. Pechschwarze Haare, Brüste in einem weißen T-Shirt ohne Ärmel, lange Finger, mit denen sie ihr Solo auf den Buchrücken spielte (mein Gott, was könntest du mit diesen Fingern alles machen!), ein Premium-Hintern (wie Premium-Bier) in einem engen Jeansrock. Dreh dich um, zauberte Robi, dreh dich um und sieh mich an, schenk mir unendlich viele Momente voll reinem Sex, unbesudelt von Liebe. Aber sie drehte sich nicht um und zeigte auch sonst in keiner Weise, dass ihr Robis Anwesenheit bewusst war.

Sie berührte nur mit ihren Fingerspitzen die Bücher.

Oder sie nahm ein Buch, wog es in der Hand und stellte es dann zurück in das Regal.

Sie zuckte nicht einmal mit der Wimper, als Robi die Lichter in der Buchhandlung löschte. Sie verstand seine Botschaft nicht, und ihm blieb nichts anderes übrig, als die Sekunden und Minuten zu zählen, und ihr wisst ja, wie langsam diese in solchen Situationen dahinrinnen. Und dann glitt sie (endlich, Mädchen!) Richtung Ausgang. Kein Danke, kein Tschüss, nicht mal ein Auf Wiedersehen, und Robi drehte den Türschlüssel mit einem Ausdruck der Erleichterung im Gesicht herum, jenem, den man annimmt, wenn man nach langem Zurückhalten endlich aufs Klo kann.

Er stand einige Zeit im Schatten und starrte in die Dämmerung. Die Menschen schritten die Straße entlang, die Kleider schmiegten sich an die Hüften der Frauen und glitzerten im Licht der Schaufenster. Die Fenster des Komiža glänzten eisig-blau. Und dann sah Robi etwas, was ihn zwang, sich tiefer in den Schatten zurückzuziehen. Baba kam aus dem Komiža. Er stand dort, drehte sich nach links und rechts, unsicher in welche Richtung er gehen sollte.

Robi sah ihm zu und erinnerte sich dabei widerwillig an andere Zeiten. Und an einen anderen Baba. Baba, den Schriftsteller (obwohl er nur ein Buch geschrieben hatte, dachte Robi). Baba, über den alle sprachen und von dem sie viel erwarteten, der aber überhaupt nicht verheimlichte, dass ihm das Schreiben scheißegal war. Das ist eine üble Arbeit, schweres Schuften, pflegte er zu sagen, und ich arbeite nicht, während ich trinke. Und tatsächlich arbeitete er nicht, er trieb sich nur in der Haut seiner Helden herum und soff. Warum tat er das? Das sind die Dinge, über die wir nichts wissen und die dazu führen, dass jemand fünfzehn Jahre wegen Mordes sitzt, oder vor der Kathedrale bettelt, oder in einem Regierungsbüro herumhängt und den Heroinmarkt kontrolliert. Die Jahre vergingen, und Baba geriet in Vergessenheit, wie all die anderen Eintagsfliegen.

Man sollte gleich erwähnen, dass Robi Baba nicht ausstehen konnte. Er konnte ihn auf jene spezielle Art nicht ausstehen, auf die Schriftsteller andere Schriftsteller nicht leiden können. Er konnte ihn also von Kollege zu Kollege nicht ausstehen. Die Sache verhielt sich folgendermaßen: Robi schrieb Gedichte. Er hatte sogar einige Gedichtbände veröffentlicht, die aber von Kritik und Publikum unbemerkt blieben. Und er meinte aus irgendeinem Grund, Baba sei dafür verantwortlich. Er glaubte, seine eigenen Bücher hätten einen viel größeren, möglicherweise sogar einen durchschlagenden Erfolg haben können, hätte es dieses verfluchte Buch von Baba nicht gegeben. Er war überzeugt davon, dass Baba mit billigen Straßengeschichten und anderen Tricks die Aufmerksamkeit der Öffentlichkeit von seiner subtilen Poesie abgelenkt hatte. Manchmal wurde Robi davon so übel, dass er beinahe kotzen musste. Es geschah bisweilen, dass er vor Wut regelrecht aufjaulte, weil diese idiotischen Kritiker wegen Baba nicht das Genie in ihm erkannt hatten. An solchen Tagen stellte sich Robi häufig folgende Situation vor:

Also, er hatte ausländische Verlage für seinen Gedichtband gefunden, welcher bei den dummen einheimischen Kritikern durchgefallen war, und bekam einen angesehenen, internationalen Preis. Die einheimischen Medien, die ihn bis dahin schamlos ignoriert hatten, beginnen nun plötzlich sich um ein Interview mit ihm zu reißen, doch er wehrt sie der Reihe nach mit kalter Verachtung ab und akzeptiert nur im Fernsehen aufzutreten, freilich ausschließlich zu den besten Sendezeiten, direkt nach den Hauptnachrichten. Das Interview ist picobello geworden, Robi war brillant und hat die gesamte kulturelle Elite der Lächerlichkeit preisgegeben. Und nun kommt das Wichtigste, davon bekam Robi vor Begeisterung einen Steifen: nach all dem geht er rüber zum Café Kvazar, und dort sind alle mucksmäuschenstill, still, still, alle starren den internationalen Laureaten an, sehen ihn und wissen nicht, wie sie sich in dieser Situation verhalten sollen, denn Robi ist da – in übernatürlicher Größe. Das ist schon ein Ding, er ist direkt vom Fernsehen gekommen, hat die alte Truppe nicht vergessen. Und dann, jetzt bitte mal alle aufgepasst, beginnen zwei Mädchen, die Baba zuvor mit seinen altbekannten primitiven Sprüchen zu Tode gelangweilt hatte, zu klatschen, zuerst leise und dann immer lauter und lauter, und das ganze Volk draußen vor dem Café fällt in den Applaus ein, Scheiße nochmal, alle jubeln Robi zu, echte Standing Ovations, Mann, und die beiden Schönheiten laufen Robi entgegen und werfen sich ihm an den Hals, wobei sie vor Freude weinen, und Robi umarmt sie und geht mit ihnen an die Theke und bestellt ihnen etwas zu trinken, er bestellt eine Runde für alle, alle außer Baba, der wie ein Loser abseits steht, genauso wie er jetzt hier vor dem Komiža rumhängt und sich umschaut, nach links, nach rechts und keine Ahnung hat, wo er hin soll.

Was ist los mit dem?, fragte sich Robi und betrachtete ihn. Angenervt, weil irgendjemand nicht zum Date erschienen ist, oder hat er die Orientierung verloren, oder plant er nur seine nächsten Schritte, oder was?

Und dann wurde ihm plötzlich klar, dass Baba nur Gesellschaft für ein letztes Glas suchte. Es war unwahrscheinlich, dass er zu dieser Tageszeit einen Bekannten finden würde. Seine Generation hatte sich eingerichtet, sich schon lange von den Straßen zurückgezogen, niemand war mehr im Kvazar, im Blato oder in der Dijana Bar. Niemand hatte sich verspätet, Baba hoffte nur fieberhaft, jemanden zu sehen, irgendjemanden, mit dem er noch einen trinken konnte, bevor er heimgehen würde.

Robi hielt den Atem an, als Baba den Blick in Richtung Buchhandlung wendete. Er starrte lange in das Schaufenster, und dann ging er die Masarykova hinunter, gebeugt und mit wankendem Schritt.

Im selben Augenblick erschien die Bücherstreichlerin mit irgendeinem Typen vor dem Schaufenster. Sie blieben stehen und begannen über etwas zu diskutieren. Die Sache schien ernst zu sein. Meist sprach er, sie schüttelte ablehnend den Kopf, und jedes Mal, wenn er seinen Arm nach ihr ausstreckte, wich sie ihm aus wie ein Mungo. Es wirkte allerdings nicht so, als würde sie sich vor ihm fürchten.

Ey, du bist echt ein Weichei, dachte Robi, während er den Typen dabei beobachtete, wie er sich immer mehr aufregte. Du kannst eine Niederlage nicht sportlich nehmen, das ist dein Problem, aber mit dir ist es vorbei, finito, Ende, das sieht man aus dem Flugzeug. Früher oder später trifft man seine andere Hälfte, das ist nichts Außergewöhnliches, das passiert vielen, und jetzt ist es auch deiner Freundin passiert, sie war vor kurzem hier und hat ihre lange verschollene andere Hälfte in mir erkannt, den, von dem sie nachts träumt, und nun zeigt sie mir das, indem sie dir direkt vor der Buchhandlung den Laufpass gibt. Da helfen auch keine Drohungen mehr, keine Erpressungen, kein Betteln, gar nichts.

Solche Gedanken gingen Robi durch den Kopf, während die beiden den Schlange-Mungo-Tanz aufführten. Aber dann wurde es wirklich schlimm, der Typ schlug dem Mädchen ins Gesicht, ihr erschrockener Blick bohrte sich wie eine verirrte Kugel in den Himmel, und Robi stürzte zur Tür, öffnete sie und sprang auf den Bürgersteig.

Der Typ war ganz und gar nicht verwirrt. Er nahm eine dieser Kung-Fu-Posen ein, wie im Film, und sah Robi direkt in die Augen.

Und das Mädchen sah Robi an.

Und die Passanten sahen Robi an.

Einen Augenblick noch, murmelte er, und verschwand in der Buchhandlung. Er kam mit einer Machete in der einen und einer Rolle Toilettenpapier in der anderen Hand wieder heraus. Diese Gegenstände bildeten gemeinsam mit einem Spülkastenrohr aus Eisengewebe und einem Soldatenhelm eine künstlerische Installation an der Wand der Buchhandlung. Er stand dort mit wirrem Blick und diesen Dingen in den Händen, und es geschah etwas Unglaubliches – die Gewalt wich der Kunst.

Hör mal, sagte der Typ, und ließ die Arme hängen, ich will hier keinen Ärger haben.

Robi starrte ihn auch weiterhin wirr an.

Okay, alles easy, sagte der Typ, drehte sich um und ging.

Robi blickte ihm nach. Dann starrte er auf die Machete und auf das Toilettenpapier. Sie sahen in seinen Händen wirklich dämlich aus. Dann suchten seine Augen das Mädchen. Sie war nirgendwo zu sehen.

ÜBER EIN MUSIKALISCHES FEUERZEUG UND DIE HUNDE DER ZIGEUNER

Eine synthetische Version des Leitmotivs aus »Love Story« erhob sich aus dem Gemurmel-Gebrutzel-Gekichere-Geschlürfe-Gekaue, das den Marktplatz von Utrine erfüllte.

Ist das dein Feuerzeug oder irgendein Handy?, fragte Baba.

Irgendein Handy, sagte Kančeli verärgert. Mein Feuerzeug spielt keine Schnulzen.

Klar, Kančeli hat sich ja ein Feuerzeug angeschafft, das »Für Elise« spielen kann. Baba hat sich kein solches Feuerzeug angeschafft. Er hat nur bei der Rückkehr aus der Stadt Kančeli auf dem Platz vor dem Markt getroffen. Und jetzt beginnt er zu erzählen, wie man ihn vor einigen Tagen aus Istrien vertrieben hat.

Wegen Landstreicherei, sagt Baba. Eigentlich war ich auf dem Weg nach Marlera, um herauszukriegen, ob man von dort aus Galiola sehen kann.

Marlera, Galiola?, sagt Kančeli und spielt dabei mit seinem pummeligen, goldenen Gasfeuerzeug, das ein Relief eines aus dem Meeresschaum emporspringenden Delphins auf der Seite hat, und einen silbernen Zünder, auch in Form eines Delphins.

Marlera ist eine Landzunge, und Galiola ist ein Felsen, an dem Šoljan und Angel gestrandet sind, erklärt Baba geduldig. Du weißt doch, in dem Roman »Andere Menschen auf dem Mond«, fügt er noch hinzu.

Gut, sagt Kančeli.

Und dann überrumpelten mich die Bullen vor dem Laden in Šišan.

Wo ist Šišan?, fragt Kančeli.

Šišan?, Baba hebt die Augenbrauen. Das ist doch genau gegenüber von Omarur, man muss nur auf dem 14. Meridian Richtung Norden schippern.

Ach so, sagt Kančeli.

Guten Tag, Guten Tag, Ihre Ausweispapiere, Bitteschön, Wo sind Sie abgestiegen, Nirgendwo, Wohin wollen Sie, Das geht Sie nichts an, Was haben Sie gesagt, Was wollen Sie von mir... Um es kurz zu machen, ich hatte überhaupt keinen Bock darauf, mich mit denen zu beschäftigen, aber die hatten ausgerechnet an mir ihren Spaß gefunden. Du weißt schon: Wenn ein Trottel meint, er müsse auf autoritär machen. Ohne Sinn und Verstand. Sie wussten nicht, was sie mir andichten sollen, ich hatte nichts verbrochen, aber sie wollten mich auf alle Fälle ein bisschen hochgehen lassen. Und so ist ihnen schließlich Landstreicherei eingefallen, und sie haben mich angewiesen, Istrien zu verlassen...

Sag bloß!, sagt Kančeli.

Tja. Sie haben mich dann mit ihrem Auto zum Tunnel eskortiert und gesagt, wenn sie mich je wieder beim Landstreichen erwischen, dann...

Verdammter Mist, explodiert Kančeli, dass du nicht mal mehr frei herumlaufen kannst, dass sie dir befehlen, wohin du wie und wann zu gehen hast, als ob sie dir die Erde, auf der du stehst, in Rechnung stellen oder die Luft, die du atmest...

Er verstummte, völlig entnervt, und atmete tief ein, Luft, die vom Geruch nach Benzin und frisch geschnittenem Gras erfüllt war. Baba aber betrachtete ihn mit Interesse, als hätte er ein verrücktes Wesen aus dem Weltall vor sich sitzen, das heute seinen ersten Tag auf der Erde verbrächte.

Kančeli war davon auch nicht allzu weit entfernt. Stellt euch einen Typen vor, der Strom, Telefon, Fernseher, Computer und Ähnliches abgeschafft hat, heutzutage, wo jeder Nichtsnutz über eine erhebliche Anzahl solcher neumodischen Strahlenquellen verfügt. Jemanden, der sagt: Wozu brauch ich das alles? Ich brauch das nicht. Von solchen Sachen, von all diesen Bildern, Geräuschen und Informationen bekomme ich nur Kopfschmerzen. Scheiß drauf, ich will mein Leben nicht mit Arbeit verbringen, um Geld für etwas ranzuschaffen, was meinen Kopf durcheinanderbringt. Könnt ihr euch einen solchen Typen vorstellen?

So ist Kančeli. Er lebt in der neunten Etage eines Hochhauses in einer nach Wachs, Petroleum und Paraffin riechenden Höhle; er arbeitet nur so viel, wie er will, beziehungsweise so viel wie nötig – in einer Autowaschanlage, auf dem Markt, und dann bietet er noch Malerarbeiten und andere Dienstleistungen an. Genau der Kančeli, der nun aufgeregt nach einer Zigarette greift und sein Feuerzeug anzündet.

Nana, nana, na, nanana, naaa, singt das Feuerzeug.

Echt cool, was?, Kančeli starrt auf sein Feuerzeug.

Baba zuckt mit den Schultern und findet das alles andere als cool.

Sag mal, fragt Kančeli, warum warst du überhaupt in Istrien?

Einfach so, sagt Baba. Vera war schlecht drauf, und dann hab ich mich ins Auto gesetzt… und dann, kapierst du, dann hat mich die Straße immer weiter aufgesaugt.

Verstehe, sagt Kančeli.

Was ist eigentlich mit diesem Arschloch Robi?, fragt Baba.

Wie meinst du, mit ihm?

Vorhin in der Stadt, sagt Baba, steh ich so vor dem Komiža, und die ganze Zeit hab ich das Gefühl, dass mich jemand aus der Buchhandlung beobachtet. Ich wette, dass dieses Arschloch da drin war, dass er mich aus dem Dunklen beobachtet hat.

Lass mal gut sein, sagt Kančeli. Was ich nicht verstehe, ist, wie wir hier unser Geld verbraten können.

Wie meinst du das?, fragt Baba.

Wie ich das meine?, sagt Kančeli. Ganz einfach, der Besitzer ist ein Albaner, so mein ich das.

Ja und?, sagt Baba.

Scheiße, Mann, Kančeli verliert die Geduld. Weißt du, in welcher Lage die Zigeuner in Albanien sind?

Was haben jetzt die Zigeuner und Albanien mit diesem Café zu tun?, wundert sich Baba.

Kančeli überhört Babas verwunderte Frage. Weißt du nicht, dass es den Zigeunern in Albanien nur ein bisschen besser geht als Hunden?

Wo hast du das jetzt wieder her?, wundert sich Baba weiter.

Ich habe einen Zigeuner aus Albanien kennen gelernt, der hat mir davon erzählt.

Dass es den Zigeunern in Albanien nur ein bisschen besser geht als Hunden?

Genau.

Genau genommen finde ich das ganz okay, sagt Baba.

Wie meinst du das, okay?, wundert sich nun Rančeli.

Reg dich ab, sagt Baba, hat dir dein neuer Freund zufällig auch gesagt, wie die Zigeuner ihre Hunde behandeln?

Nein, davon hat er nichts gesagt, antwortet Kančeli verwirrt.

Siehst du, sagt Baba. Würde dir wirklich was an der Wahrheit liegen, dann würdest du ihn danach fragen, und er würde dir sagen, dass es den Zigeunerhunden eigentlich bestens geht. Besser als den Frauen. Am schlimmsten geht es den Katzen. Sie stehen ganz unten, weißt du. Dann kommen die Frauen und dann erst die Hunde. Ach du Schande, er schaut auf die Uhr, ich muss gehen. Er legt einen zusammengeknüllten Zehn-Kuna-Schein auf den Tisch und geht, ohne Kančelis Meinung über die Probleme von Frauen, Hunden und Katzen abzuwarten.

Und Kančeli blieb zurück und starrte in die Nacht von Novi Zagreb. Auf die vom nervösen Licht der Bildschirme erleuchteten Fenster, auf den Irish Setter, der um die Blumenkübel aus Beton herumschnüffelte, auf die hohen Pappeln, die in den Himmel ragten, der die Farbe von Erdbeerpudding angenommen hatte. Während er auf die schwarzen Bäume und in den Himmel starrte, den die Lichter der Stadt färbten, stellte sich Kančeli vor, er wäre am Ende der Welt. Diese Szenerie, dachte er, gehört an das Ende der Welt. Hinter diesen schwarzen Pappeln, die sich unter dem kranken, rosaroten Himmel im Wind wiegen, kann nichts mehr kommen.

ÜBER EINEN VERLOGENEN SPIEGEL, DIE WIENER SÄNGERKNABEN UND EINE SCHWESTER AUS DEM ORDEN DER HEILIGEN TERESA ORLOWSKY

Vera saß im Wohnzimmer auf dem Sofa, blickte auf die Ikea-Regale voller Bücher und dachte, dass ein Glas Traminac aus Ilok perfekt wäre…

PERFEKT WOFÜR?

Perfekt für diesen sinnlosen Abend, für die Party, die ich nicht veranstaltet, das Abendessen, das ich nicht zubereitet habe – und Baba ist schon wieder irgendwo versackt!

Sie schaute durch das Fenster in die Nacht, als erwartete sie, dass Baba urplötzlich aus eben dieser Richtung auftauchen würde. Anstelle von Baba flatterte ein Nachtfalter ins Zimmer, den sie am nächsten Morgen tot auf dem Fußboden neben dem Bett finden würde, neben dem Bücherregal, unter dem Küchentisch oder wo auch immer er beschließen würde, sein Leben zu beenden.

Jetzt aber flog der Falter in die Küche, angezogen von der Lampe über der Spüle. Vera stand auf und folgte ihm, angezogen von den Flaschen im Weinregal. Und sie öffnete eine Flasche Traminac, goss sich Wein in eine Teetasse und kreiste durch die Wohnung, bis sie schließlich vor dem Spiegel im Flur stehen blieb, einem riesigen Spiegel auf der Schiebetür zur Speisekammer, hinter der sich all jene Dinge verbargen, die Vera gerne loswerden würde, wenn sie sich nur sicher wäre, dass sie sie tatsächlich nie wieder brauchen würde.

Prost, ihr Augenringe, erhob sie die Tasse vor dem Spiegel. Es ist echt unglaublich, wie gut ihr mir steht. Alle Achtung. Ein Prosit auch auf euch, ihr Falten, ich bin stolz auf euch und ich liebe euch alle. Ich werde alt, na und, fuhr sie den Spiegel an. Die Jahre, mein Freundchen, sind kein Problem, keine Katastrophe, ganz im Gegenteil, sie sind ein hervorragender Schutz vor den Männern, wenn du es noch nicht gewusst haben solltest. Wenn es dich wirklich interessiert: Ich bin zufrieden. Endlich ruhig, endlich kann ich aufatmen, ich fühle mich gut heute, mit vierzig.

Sie trank einen Schluck Wein und überlegte, dass der Kretin Kančeli Recht hat, wenn er sagt, dass es dem Wein ganz egal ist, dass er immer denselben Geschmack hat, ob man ihn nun aus einem feinen Weinglas, aus einer Teetasse oder aus einem Plastikbecher trinkt. Dann widmete sie sich wieder dem Spiegel.

Was, ich soll mein Gesicht liften und die Haare färben?, fragte sie gereizt. Der Teufel soll dich holen! Ich verlange nicht von dir zu lügen, aber du sollst mir auch keine fachmännischen Ratschläge erteilen. Weißt du, ich würde durchdrehen, wenn die Männer wieder anfangen würden mich anzumachen. Hast du auch nur die blasseste Ahnung davon, wie es ist, wenn du irgendwo in Ruhe Kaffee trinken möchtest oder so was, und irgendein Idiot glotzt dich erst an und dann hängt er sich an dich und beginnt, irgendeinen Schwachsinn daherzureden? Und das jahrelang, von dem Moment an, an dem deine Titten aufblühen, bis zu jenem, an dem die Haut am Hals beginnt, schlaff zu werden. Kennst du das? Also erzähl keinen Quatsch. Ich habe endlich diesen Zustand erreicht, und nun bin ich eine glückliche Frau, GLÜCKLICH UND ZUFRIEDEN.

Sie winkte verärgert ab, kehrte ins Wohnzimmer zurück und legte sich auf das Sofa. Der Wein schmeckte ihr nicht mehr. Sie ärgerte sich über den Spiegel, über die Tasse, die ihr den Geschmack des Weines verdorben hatte, über den Falter, der sich entschlossen hatte, ausgerechnet in ihrer Wohnung zu sterben, über Baba, der vergessen hatte, dass heute ihr Geburtstag war, über alle, die ihren Geburtstag vergessen hatten.

Gut, ihre Mutter hatte angerufen, aber das waren fünf schreckliche Minuten, fünf Minuten, in denen sie immer nur mit einer einzigen Frage bombardiert wurde: Warum bekommst du kein Kind? ... Warum bekommst du kein Kind?... Warum bekommst du kein Kind? Nur deshalb, weil ich schon eins habe, wollte Vera aufschreien. Sie hielt Baba für ein zurückgebliebenes Kind. Und wie soll ich mit einem Kind ein Kind haben, wollte sie sagen, aber stattdessen antwortete sie automatisch: Ich bin zu alt dafür, Mama ... Ich bin zu alt dafür, Mama... Ich bin zu alt dafür, Mama...

Von Duda kam eine E-Mail.

Ist wirklich schon so viel Zeit vergangen? Das Jahr, in dem Diddley sein »Bo's A Lumberjack« sang, Chuck und Jerry Lee rockten, dass es nur so krachte, »Clockwork Orange« erschien, Burroughs »TTTE« veröffentlichte und Bukowski sein »Run With The Hunted«, Leary mit heiligen Pilzen rummachte und auch Laing heftig mitmischte... Hooker und Waters winselten

ihren Blues… und auch du hast deinen ersten Blues geweint…
WOW, was für ein Jahr!!!

WOW, was für eine Scheiße, dachte Vera, als sie die Nachricht gelesen hatte. Wo hat sie nur all diese Dinge aufgegabelt? Und wovon redet die Frau überhaupt? Der Rock'n'Roll hat schon längst den Löffel abgegeben, und all diese Typen auch. Höchstwahrscheinlich. Oder zumindest ist es bald soweit. Was soll das sein, ein Glückwunsch zum Geburtstag oder eine Todesanzeige? Blues geweint?! Mein Gott. In welcher Zeit lebt die Frau eigentlich? Als wäre sie nach Imotski gezogen und nicht nach London.

Veras Gedanken flossen so dahin, während sie Dudas Glückwunsch las. Den Glückwunsch einer alten Freundin, mit der sie mindestens zweimal wöchentlich Kaffee getrunken hatte und so weiter, bis diese dann nach London ging. Sie hatten sich bei ihrer Aufnahmeprüfung kennen gelernt, und ihre Freundschaft dauerte und dauerte und dauerte, hielt an, wie der Geschmack dieser Kaugummis aus der Fernsehwerbung. Und selbst als der Geschmack verloren war, hatten die beiden sich weiterhin gegenseitig besucht oder in der Stadt getroffen; die Gewohnheit des Kauens hielt ihre Freundschaft in Form.

Die Zeit war ganz okay, hätte Vera geantwortet, wäre sie bei einer Umfrage gefragt worden, wie die Zeit gewesen sei, in der sie Duda kennen gelernt hatte. Ein bisschen Studieren hier, ein bisschen Party da, viele Nächte im Zvečka, dem Blato und dem Kvazar. Ach ja, und viel Sex. Wahnsinnig viel Sex. Niemand machte viel Aufhebens um eine einfache Nummer, zumindest nicht in der Gesellschaft, in der ich verkehrte.

Auch Tom hatte nicht viel Aufhebens um eine Nummer gemacht. Ganz im Gegenteil. Tom, der blonde Anglistikstudent, dessen Gesicht vielen Mädchen, die nachts vom Zvečka ins Kvazar zogen, in ihren Träumen erschien. Sie lernten sich an einem Abend im Kvazar kennen, und fünfzehn Minuten später erwischte sie ein Bulle halbnackt auf der Bank im Wald vor Krležas Haus. Verschwindet, wisst ihr denn nicht, wessen Haus das ist! Auch dieser Bulle machte nicht viel Aufhebens um eine Nummer. Es war die Zeit, in der der Kommunismus weicher wurde, zumindest was den Sex anging, aber der Bulle konnte nun wirklich nicht zulassen, dass der Garten eines kroatischen Klassikers entweiht wurde. Der Park Tuškanac sei groß genug, sie mögen sich doch bitte ein anderes Plätzchen suchen... Und schon kurze Zeit später befummelten sich die beiden im alten Sommerkino. Ja, ja, die Lust war überwältigend, fast schmerzhaft, und Tom wohnte weit entfernt, in Trnsko, Vera bei ihren Eltern, und sie konnten nicht auf eine bessere Gelegenheit warten. Man vögelte sofort. Am Morgen gingen sie – die Haare voller Blätter und die Kleidung verdreckt – hinunter zur Ilica, und Tom begann ein Gespräch über das gemeinsame Leben. Er sagte, dass er sich nicht vorstellen könne, mit jemandem zusammenzuleben. Warum? Weil ich zu ruhelos bin, sagte er, weil ich nicht mal für einen Moment innehalten und über den nächsten Schritt nachdenken kann; ich bin ständig im Fluss. Zwei Jahre lang war Tom jedoch ein stehendes Gewässer in Veras Flussbett. Und dann floss er weiter. Konsequent seiner fluvialen Theorie folgend, die er an jenem Sommermorgen entwickelt hatte, floss Tom bis nach Kanada. Erinnerte er sich wohl an Veras Geburtstag? Vielleicht. Vielleicht sagt Tom in diesem Augenblick zu einem Barkeeper – und jetzt ist dort gerade früher Nachmittag –, weißt du was, Kumpel, dein Problem ist, dass du zuviel nachdenkst. Deshalb kommst du nie von hier weg und wirst auch nie Vera kennen lernen. Und dabei bedeutet er ihm mit einer Geste, dass er noch ein Bier will. Wer zum Teufel ist diese Vera?, fragt der Barmann. Vera hat heute Geburtstag, sagt Tom, und erhebt sein Bierglas.

Warum erinnert sich Vera ausgerechnet an Tom? Von ihm ist am wenigsten von allen zurückgeblieben. Einige gemeinsame Fotos und etwas von dem Firlefanz, den sich Verliebte gegenseitig schenken. Und sein Conrad, im Bücherregal zwischen Susan Sontag und Bukowski gequetscht. »Styles of Radical Will«, »Herz der Finsternis«, »General Tales of Ordinary Madness«. Und Vera steht auf, nimmt »Herz der Finsternis« aus dem Regal und beginnt zu lesen. Sie liest, bis sie das Drehen des Schlüssels im Schloss hört.

Dieses Geräusch riss Vera aus der atemberaubenden Landschaft, durch die Kurz streifte, und Beklemmung ergriff sie. Sie legte das Buch zur Seite und starrte angespannt auf die Eingangstür. Das Problem ist der Schlüssel. Das Geräusch des Schlüssels im Schloss, das ansonsten verschiedene Formen von Beklemmung bekämpft, vor allem jene, die durch die Abwesenheit der Nächsten hervorgerufen werden, hat auf Vera eine zerstörerische Wirkung. Sie erstarrt zu Eis. Auf das Geräusch des Schlüssels im Schloss friert Vera ein, wie der Bildschirm eines virenverseuchten Computers. Baba kommt Vera eigentlich vor wie ein Virus, der darauf programmiert ist, ihr Leben zu zerstören. Du hast alle meine Systeme versaut, Baba, sagt sie oft zu ihm. Wenn Baba irgendwo draußen unterwegs ist, haben die Dinge noch einen Sinn. Vera liest etwas, wischt den Staub von den Regalen (man könnte denken, ich würde im Herzen eines verfluchten Sandsturmes leben), sie macht sich Notizen für ihren Essay über die Literatur des sträflichen Vergehens, den sie schon längst beim Verleger hätte abliefern sollen, sie surft im Internet... Sie entspannt sich, versteht ihr, sie vergisst, wo sie sich befindet, sie schwimmt davon und bedient sich dabei Tricks, die wir alle anwenden. Und dann plötzlich, zack, dieser Schlüssel im Schloss. Und das Herz holpert und bleibt stehen.

Was liest du denn da, fragte Baba noch in der Tür. Vera musterte ihn. In seiner Stimme hörte sie heute Abend nicht dieses Grunzen. Sein Gang schien auch okay zu sein. Er hatte keine Probleme mit der Vertikalen, und seine Hand suchte nicht nach Halt. Und er sah ihr direkt in die Augen. Oder hatte der Traminac Veras Sinne betäubt? In der Flasche waren noch ein, zwei Fingerbreit Wein.

Guten Abend, sagte sie, herzlichen Glückwunsch zu meinem Geburtstag und so weiter.

Was, schon wieder?, sagte Baba. Das Jahr vergeht aber schnell.

Vera beobachtete, wie er zum Regal ging und nach einer Lücke in den Bücherreihen suchte. »Herz der Finsternis«, das liest du also, sagte Baba. Mit Büchern klappte es reibungslos bei Baba. Viel besser als mit Menschen.

Unglaublich, wie viele nutzlose Fähigkeiten du hast, sagte Vera. Wo warst du?

Ich hab Kančeli getroffen.

Diese Topfpflanze? Sie verzog spöttisch ihr Gesicht.

Dass er keinen Managervertrag und kein fettes Doppelkinn mit Dreitagebart hat, das heißt noch lange nicht, dass er eine Topfpflanze ist, sagte Baba trocken.

Hör zu, ich will jetzt nicht über Kančeli oder so jemanden reden, sagte sie.

Du hast doch damit angefangen, sagte Baba und kniete sich vor sie. Herzlichen Glückwunsch zum Geburtstag!, er küsste sie.

Du hast schon wieder getrunken, sagte Vera und rümpfte die Nase.

Sie spürte den süßlichen Geruch von Bier, aber nicht den scharfen Geruch von Schnaps. Ein bisschen, sagte Baba. Dieses BISSCHEN, wie viel ist das auf Kroatisch?, fragte Vera.

Baba zählte an den Fingern ab und blieb beim siebten Finger stehen. Scheiße Baba, sagte sie, das ist nicht fair.

Alles unter Kontrolle, sagte er. Sag mal, was steht heute an?

Vera versuchte abzuschätzen, ob es klüger sei, sich mit Baba anzulegen oder sich auf sein kleines Spielchen einzulassen.

Na ja, sagte sie, nachdem sie beschlossen hatte, keinen Aufstand zu proben, hätte der Postbote, der Klempner oder der Schornsteinfeger bei mir geklingelt, hätte ich ihn auf der Stelle in meine Höhle geschleppt. Aber da nur du es bist – keine Chance ohne ein passendes Geschenk. Baba erhob sich, öffnete den Hosenschlitz, zog seinen Pimmel heraus und grinste breit, wie einer dieser Wiener Sängerknaben.

Ist das passend, Madame?

Du bist ein Schwachkopf, Baba, sagte sie, als sie das weiße Seidenschleifchen an der Wurzel seines Pimmels sah, du bist ein echter Schwachkopf.

Baba breitete die Arme aus und lächelte dabei wie der komplette Chor der Wiener Sängerknaben.

In Ordnung, dachte Vera, dieses eine Mal noch, aber ich schwöre dir, Baba…

Später an diesem Abend, während sie Babas immer langsamer gehendem Atem lauschte, sah Vera auf die beleuchteten Fenster der benachbarten Häuser und fragte sich, was die Menschen, die dort wohnten, in diesem Moment wohl taten? Die Szenen, die sich Vera vorstellte, waren ganz und gar gewöhnlich. Jemand sieht fern und greift mit der Hand nach Geleebonbons mit Zitronengeschmack, jemand blättert eine Buchseite um, jemand gießt sich Bier in ein Glas, einige streiten sich um die Wahl des Fernsehprogramms, andere kommentieren hitzig die Regierungspolitik, manche schauen sich alte Photoalben an und lachen, während sie die Bilder mit bestimmten Ereignissen in Verbindung setzen. Und wieder andere vögeln nur…

Die Szene, die sich hinter dem Fenster in der neunten Etage des Hochhauses direkt neben dem Fenster von Kančelis Bude abspielte, war nicht unter den Top Ten, die Vera sich vorstellte, bevor sie einschlief. Dort drehte sich Stjepan (hätte er eine Visitenkarte, dann stände darauf in kunstvollen Lettern PENSIONIERTER SEEMANN UND BAUARBEITER) um die eigene Achse, mit zusammengepressten Lippen, ausgebreiteten Armen, die Handflächen zum Boden gerichtet. Auf dem Fenstersims saß ein Kater mit glänzendem, schwarzem Fell, kräftigem Körperbau, einem Schlägerkopf und sah mit unverhohlenem Interesse dem drahtigen, alten Mann dabei zu, wie er sich in seinen kurzen Hosen wie ein Kreisel um sich selbst drehte, und er überlegte, was der Alte sich nun schon wieder ausgedacht habe. Stjepan hatte natürlich nie von Hurien, Sterngeistern und den himmlischen Drehungen der Derwische gehört, und trotzdem führte er etwas auf, was dem Tanz der Derwische sehr ähnlich war.

← ← ←

Seitdem er letzte Woche die Broschüre über die Rituale der Mönche in Tibet gefunden hatte, bewegte sich Stjepans Rentnerleben auf einem höheren Level. Die zerfledderte Broschüre voller Kaffee- und Fettflecken sah Stjepan als Geschenk des Schicksals an. Das Schicksal war selten großzügig zu ihm gewesen. Einmal einen Fünfer im Lotto (bei dieser Ziehung hatte die Hälfte der Spieler fünf Richtige), einige nicht weiter erwähnenswerte Treffer bei der Express-Lotterie, eine Kiste Bier bei der Neujahrstombola neunzehnhundertpaarundsechzig... Und vor einigen Jahren hatte er an der Straßenbahnhaltestelle ein heruntergekommenes, schwarzes Kätzchen gefunden, das inzwischen zu Čombe herangewachsen war, einem Biest, vor dem sich alle Kater des Viertels und ein Großteil der Hunde fürchteten... Stjepan hatte nie eine verloren gegangene Münze auf dem Bürgersteig gefunden, nie setzte er sich an einen Tisch, an dem jemand ein Feuerzeug oder eine Schachtel Zigaretten vergessen hatte. Aber er selbst verlor Tonnen von Feuerzeugen und Ähnlichem. Stjepan trauerte solchen Dingen nicht lange nach. Er war ein praktischer Mensch, er blickte nicht zurück. An der Vergangenheit, so dachte er, kann man nichts mehr drehen, und nur Dummköpfe verschwenden ihre Zeit auf Dinge, die man sowieso nicht ändern kann. Stjepan schritt immer ohne überflüssiges Gepäck voran. Sein Leben hatte er auf den Decks von Handelsschiffen verbracht und auf Baugerüsten zwischen München und Frankfurt. Er war nicht religiös, er glaubte nicht an Gesetze, an die Politik, an die Liebe und vor allem nicht an die Ehe. Er hielt es für unsinnig, dass Seeleute heirateten (jeder Blödmann kann heiraten und sich dann aufs Schiff absetzen), und auch später noch, als er begann auf Baustellen zu arbeiten, vertrat er diese Meinung. Menschen wie Stjepan wird kaum je etwas geschenkt. Menschen wie er müssen sogar für das Lächeln einer Prostituierten kämpfen, und deshalb deutete er die Broschüre, die vor seinen Füßen auf dem Bürgersteig gelegen hatte, als ein ZEICHEN. Was für ein Zeichen, das wusste er noch nicht, aber es war einen Versuch wert.

Er hatte die Broschüre gelesen, die Zeichnungen mit den Übungen studiert, und nun führt er sein erstes Ritual auf, dreht sich um seine Achse, bis ein leichter Anfall von Schwindel einsetzt und ihn warnt, dass die Suche nach jugendlichen Schwingungen zwar in Ordnung ist, man aber doch besser nicht übertreiben sollte. Seien wir ehrlich, Stjepan erwartet gar kein Wunder. Wunder passieren immer den anderen, und er hatte nur in Zeitungen davon gelesen oder im Alten Testament oder ähnlichen Büchern. Er glaubt also nicht, dass er durch diese Übungen in seine Jugend zurückversetzt werden könnte, so wie er neulich in sein siebzigstes Lebensjahr versetzt worden war, aber das ist ihm auch nicht besonders wichtig. Ein starkes Stück, diese Jugend. Er will all das nicht noch einmal durchmachen müssen. Er sieht die Jugend wie eine sehr, sehr enge Jeans. Etwas, so denkt er, während er die Tibet-Version einer Bauchmuskelübung trainiert, in dem du dich überhaupt nicht wohl fühlst, das dich einengt und dir dein geschwollenes bestes Teil einklemmt, und du kannst es kaum erwarten, davon befreit zu werden und wieder ohne diese Unpässlichkeit weiterzulaufen – du und dein bestes Stück erlöst.

Wir werden noch viele Kämpfe ausfechten müssen, nicht wahr, Herr General, sagt Stjepan laut, aber weder zu sich noch zu seinem Kater.

Und er spürt, wie sein eigentlicher Gesprächspartner wach wird und sich zu regen beginnt. Und Stjepan eilt zum Telefon, wählt eine Nummer und sagt: Hallo, hier ist Štef, komm sofort her. Und die weibliche Stimme auf der anderen Seite sagt: Ich kann nicht, ich muss auf meine Enkelin aufpassen. Und Stjepan sagt: Was soll ich jetzt nur machen? Und die weibliche Stimme sagt: Ich weiß nicht. Und Stjepan sagt: Achduschande. Und die weibliche Stimme sagt gar nichts mehr. Und Stjepan legt den Hörer auf, wirft die Kassette in den Videorecorder, und auf dem Bildschirm erscheint der Körper einer Schwester des Ordens der Heiligen Teresa Orlowsky.

Was guckst du, sagt Stjepan zum Kater. Dir kann es egal sein, du kannst ihn dir ja selber lecken.

ÜBER KUPFERBIENCHEN UND MENSCHEN MIT DEN AUGEN EINES DRACHENKOPFFISCHES

Vera saß mit angewinkelten Beinen vor dem Computer und bebte vor Befriedigung über die Ergebnisse des schnellen Google-Schnüffelns in den Weiten des Internets. Tom Kola ist in diesen Gefilden kein Unbekannter. Zumindest wenn der Vorname vom Nachnamen getrennt betrachtet wird. Und wenn sie Tom Kola oder Kola Tom eingab, tauchte die Webadresse einer Marketingfirma auf.

Während sie auf das Laden der Seite wartete, spürte Vera, dass ihr Mund trocken wurde. Sie schaffte es kaum, die Luftblase in ihrem Hals hinunterzuschlucken, und ihr Herz schlug wie verrückt. Komm schon, dachte sie, was ist los mit dir? Als wäre ich ein blödes Groupie, das einen Star um ein Autogramm angeht. Als wäre ich vor Toms Tür aufgekreuzt, und bettelte ihn um etwas an. Um Geld, ein Mittagessen… Oder – noch schlimmer – als informierte ich ihn darüber, dass er der Vater des Kindes ist, das geboren wurde, nachdem er nach Kanada gegangen war, und dass er das doch bitteschön zur Kenntnis nehmen möge. Brrrr, schüttelte sich Vera beim Gedanken an eine solche Kombination.

Auf der Webseite fand sie einen Text über post-warholsche Verpackungen von Süßigkeiten oder sowas – unterschrieben von Tom Kola. Sie las einige Sätze und strahlte. Es gibt nicht gerade viele Menschen auf der Welt, die so klugscheißen können, dachte sie, und schickte eine kurze E-Mail an die Kontaktadresse.

Hi Tom Kola,
ich frage mich gerade, ob der Welt das Glück beschieden ist, zwei (oder mehr) von deiner Sorte zu beherbergen. Wenn dem so ist, wenn du das Original bist – die Geschichte über Warhol und Baklava verrät mir, dass du es bist –, sei ein Kumpel und melde dich. Ich meine, damit ich meine Zeit nicht mit jenem anderen T. K. verschwende, den ich ja nicht mal kenne.
Gruß
Vera

Und Kančeli lag auf der Matratze und hörte zu, wie die Straßenbahnen die Dubrovnik Avenue entlangtrommelten. Nach einigen ihrer Straßenbahnsoli stand er auf, machte ein paar Kniebeugen und Liegestütze, setzte Kaffee auf dem Campingkocher auf, nahm einen Teelöffel Honig und sah zu, wie die Autos um den Markt herumkrochen.

Morgen, Čombe, sagte er, als er den riesigen schwarzen Kopf erblickte, der zwischen den Hanfpflanzen im Blumenkasten unter dem Fenster auftauchte. Morgenspaziergang oder was? Hüte dich vor dieser Pflanze, mein Freund, friss sie bloß nicht. Schläft der Alte noch? Hat er gefickt gestern Nacht? Willst du einen Cracker? Du willst nicht. Oder etwas Honig? Auch nicht. Alter, ich hab nichts anderes. Ich kann dir später ein paar Fische mitbringen. Übrigens, ist das wahr, dass Katzen gar keine Fische mögen, dass sie sie nur aus Verzweiflung fressen? Aber du bist nicht verzweifelt, mein Freund, oder?

Kančeli trank den Kaffee aus einer Blechtasse, die mit lächelnden Kühen bemalt war. Jeden Morgen trank er Kaffee aus dieser Tasse, aber nur manchmal dachte er daran, dass sie einst seiner Tochter Maja gehört hatte. Das war lange her. Maja lebte nun mit ihrer Mutter in Pula, und die hat sich mit einem Bullen zusammengetan, dachte Kančeli und erschauderte dabei, vielleicht gerade mit dem, der Baba aus Istrien vertrieben hat.

Nie wird etwas aus dir werden, hatte seine Frau zu ihm gesagt, ohne sich dabei zu bemühen, ihre Verachtung und ihren Ekel zu verbergen.

An jenem Abend kam Kančeli, wie schon so oft, besoffen nach Hause. Er schaukelte im Rhythmus des Betons, einer Mischung aus Whiskey und Bier. Maja begann zu weinen, als sie ihn sah. Er nahm sie auf den Schoß und schob ihr ein Kästchen aus Karton in die Hände.

Schau mal, was ich dir mitgebracht habe, sagte er.

Maja öffnete das Kästchen und nahm ein Bienchen aus Kupfer heraus. Sie hielt es schluchzend auf ihrer Handfläche.

Weine nur, sagte er zu ihr, morgen früh werden sich deine Tränen in Bienen verwandeln.

Die Tränen verwandelten sich am Morgen nicht in Bienen. An jenem Morgen geschah kein Wunder. Aber die beiden packten und fuhren nach Pula. Seitdem sind viele Jahre vergangen. Und heute Morgen dachte Kančeli an Maja und ihre Mutter. Er dachte an sie ohne Bedauern und ohne Reue, wie an eine weitere versäumte Gelegenheit. Er wusste, dass man begangene Fehler ausbügeln kann, aber nicht heute. Heute war ein schlechter Tag für das Ausbügeln von Fehlern.

Er spülte die Tasse und schaute aus dem Fenster, während er sich anzog. Auch morgen würde er zusehen, wie Autos den Markt umkreisten, er würde mit den Jungs ein Bier trinken und dann nach Hause gehen, am Nachmittag würde er schlafen und am Abend wieder in die Kneipe gehen, auch morgen würde kein Wunder geschehen. Scheiße, es ist definitiv keine Zeit für Wunder, beschloss er und ging zum Markt.

Kančeli half den Händlern die Kisten mit Fischen zu leeren. Wenn sie es verlangten, säuberte er die Fische. An guten Tagen konnte er bis zu fünfzig Kuna verdienen. Freitags noch mehr. Heute war ein schlechter Tag. In seiner Tasche klimperten fünf, sechs Kuna. Er rauchte und sah in die starren, leeren Augen von Meeräschen, Dorschen, Seeteufeln, Meeraalen, Drachenköpfen, Heringskönigen. Viele Menschen, so wusste er, haben genau solche leeren, starren Augen.

Wir sehen uns, sagte Kančeli zum Händler und ging in die Kneipe.

Žac, Beli, Jajo, die komplette Clique aus dem Viertel war da. Die Kellnerin stellte ein kleines, frisch gezapftes Bier vor ihn. Kančeli fragte sie, ob sie ihn heiraten wolle. Sie sagte, kein Problem, gleich nach ihrer Schicht.

Hast du den Fischgestank nicht satt, fragte ihn Jajo.

Kančeli zuckte mit den Schultern. Man muss halt etwas arbeiten, sagte er.

Schau dir die mal an, sagte Žac.

Ein Mädchen in einem indigofarbenen Kleid ging auf dem Bürgersteig vorbei. Sie sahen ihr nach, bis sie in Richtung Supermarkt verschwunden war.

Erste Sahne, sagte Beli.

Stimmt, sagte Jajo.

Karčeli trank sein Bier aus und warf ein wenig Kleingeld auf die Theke.

Den Rest bezahlt Jajo, sagte er zur Kellnerin.

Willst du nicht noch eins, fragte Jajo.

Kančeli winkte ab und ging hinaus. Eine Zeit lang schaute er den Kindern auf dem Schulhof beim Fußballspielen zu. Dann ging er nach Hause. Er nahm eine Packung Cracker vom Küchenregal und starrte kauend auf eine Liste von Krankenhäusern, die an der Schiebetür hing. Mit einem Marker war das Zentrum für Suchtprävention des Roten Kreuzes, Park der Freundschaft, Jarun, unterstrichen. Dieser vergilbte Zeitungsausschnitt erinnerte Kančeli an seine Frau. Es war ihr Abschiedsbrief.

WIE VERA SICH FAST DEN FINGER ABSÄBELTE UND BABA SICH NICHT AN DEN AUSDRUCK FÜR ASCHENBECHER ERINNERN KONNTE

Die Statistik ist der Gott der Tabellen, das teuflische Spinnennetz, in dem Millionen Habenichtse zappeln, das offizielle Narkotikum aller Länder, sie ist die Poesie der Staatsbeamten, die beteuert, dass es auch dem zum Tode Verurteilten blendend geht, da ja auch vor ihm noch viele Jahre eines glücklichen Lebens liegen. Und die Statistik besagte ungefähr Folgendes: Im vergangenen Jahr befand sich Baba 202 Tage in einem nicht-brauchbaren Zustand, 15% mehr als im Jahr davor. Von 202 Tagen entfielen acht Tage auf eine fürchterliche asiatische Grippe, sechs auf eine Viruserkrankung, dreizehn auf Heuschnupfen, 85 Tage auf miese Laune aus verschiedensten Gründen und der Rest – volle 90 Tage – auf Besäufnisse unterschiedlichster Intensität und Katerzustände.

In den ersten sechs Monaten dieses Jahres befand sich Baba 144 Tage in einem mehr oder weniger unbrauchbaren Zustand. Fünf Tage Virus, zwei Wochen Heuschnupfen, 45 Tage miese Laune, verursacht durch diverse Alltagsprobleme, zwölf Tage Euphorie, hervorgerufen durch ununterbrochenes Kiffen und das Hören alter Schallplatten auf dem endlich reparierten Plattenspieler, und als Krönung: 68 Tage Alkohol und Kater.

Vera hatte keinen Grund, Zweifel am unbarmherzigen Wahrheitsgehalt der Zahlen zu hegen, an der unerbittlichen mathematischen Logik, die vom neuen Rekord Babas in Sachen Unbrauchbarkeit kündete. Sie sagte es ihm.

So tief bist du gesunken, sagte Baba verbittert, dass du dir wie ein Spitzel Notizen über meine Krankheiten, meine Besäufnisse und Katerzustände machst.

Keineswegs, Schatz, sagte Vera. Ich mache mir keine Notizen über deine Schweinereien, sondern über meine verhunzten Tage. Und das ist doch mein gutes Recht, oder etwa nicht?

Eigentlich war es einer der schöneren Vormittage. Das Esszimmer roch nach Kaffee und getoastetem Brot, Radio 101 spielte sauguten Reggae, streunende Katzen schlichen aus einem Loch des Nachbargebäudes, reckten sich in der Sonne und warfen schräge Blicke auf die Hunde, im Park stritten die Jungs heftig über ein Foul (war es im Strafraum gewesen oder außerhalb), Baba drehte sich eine Zigarette, wippte im Rhythmus der Musik und sagte, es sei eine echte Sünde, einen solchen Morgen verstreichen zu lassen, und Vera sagte Ja, und Baba sagte, dass es ihm wirklich leid tue, jetzt im Bett zu sein, und Vera sagte: Scheiß auf diesen Morgen, manche Leute vergeuden ihr ganzes Leben, und Baba fragte: Wovon redest du überhaupt, und Vera kam mit der Statistik.

Gut, sagte Baba, kannst du mir sagen, was ich schon wieder verbrochen habe, dass du in letzter Zeit so viel rummotzt?

Tja, es würde eine Weile dauern, wenn ich alles aufzählen müsste, was du in den letzten Jahren versaut hast, sagte Vera. Aber wenn du drauf bestehst, hier hast du ein paar ausgewählte

Schweinereien. Zum Beispiel letztes Jahr, da musste ich alleine zur Scheißabtreibung gehen und alleine vom Krankenhaus zurück, weil du irgendwo herumgesoffen hast und dich das alles einen Dreck interessiert hat.

Baba schaute aus dem Fenster. Ein Spatz hockte auf der Satellitenantenne und kackte, aber Baba sah das gar nicht. Er dachte darüber nach, wie steif und ernst Vera geworden war. Sie erlag voll dem Mathematikersyndrom aus dem Kleinen Prinzen und hatte völlig vergessen, wie man Spaß hatte.

Und dann, fuhr Vera fort, als ich mir damals mit dem Messer fast den Zeigefinger abgesäbelt habe. Ich habe dich auf der Arbeit angerufen und gebeten, mich abzuholen und ins Krankenhaus zu bringen, aber du kamst nicht, weil du mit irgendjemandem bei einem Bierchen versackt warst.

Ich bin doch gekommen, sagte Baba.

Zwei Stunden habe ich auf dich gewartet, Baba, sagte Vera, volle zwei Stunden, und dann bin ich mit dem Taxi gefahren, um mir den Finger nähen zu lassen. Und während sie schon dabei waren, mir den Finger zusammenzuflicken, tat es mir echt leid, dass ich nicht zu Hause auf dich warten konnte, damit du mich ins Krankenhaus bringst.

Es ist nicht fair, dass du mir das jetzt unter die Nase reibst, sagte Baba.

Ach echt, sagte Vera, und dass du dich herumtreibst und nur zum Übernachten und Wundenlecken nach Hause kommst, das nennst du fair? Aber das ist nicht mal das Schlimmste.

Stopp, sagte Baba. Bevor du weitermachst, möchte ich festhalten, dass ich absolut nichts mit Pädophilie, Kinderpornos im Internet und ähnlichen Dingen zu tun habe.

Das war ein armseliger Versuch, und Baba wusste es auch. Vera schüttelte nur den Kopf und sah ihn mit einem blassen, verwaschenen Lächeln an.

Das Schlimmste ist, dass du aufgegeben hast, sagte sie. Du hast dich schon vor langer Zeit aufgegeben, und nun existierst du nur noch vor dich hin. (Vielleicht, dachte Baba, aber du hast alles, was du einst warst, verraten.) Du schreibst nicht, du liest nicht, es ist dir alles egal, nicht mal Fußball guckst du noch, nur... einfach so... du säufst und existierst. Und so will und kann ich dich nicht mehr sehen.

Baba starrte den blauen Aschenbecher aus Glas an und versuchte, sich an das Wort für diesen Gegenstand zu erinnern.

Wenn du nicht mies drauf bist, bist du betrunken. Wenn du nicht betrunken bist, hast du einen Kater. Wenn du keinen Kater hast, bist du mies drauf.

Das stimmt nicht, sagte Baba ohne jede Spur von Widerstand.

Noch immer konnte er sich nicht an den Ausdruck für Aschenbecher erinnern.

Nun lass uns mal ein wenig ernst sein, Baba, sagte Vera. Wenn sich Menschen so lange kennen wie wir und zusammenleben, sollte man eigentlich nicht so miteinander reden müssen. Wir sitzen ziemlich tief in der Scheiße, und es ist besser Schluss zu machen, bevor wir endgültig darin versinken.

Und das heißt?, er starrte auf den Aschenbecher.

Das heißt, dass du gehen sollst, Baba.

Gehen?

Ja Baba, nimm deinen Kram und geh.

Aschenbecher, schoss es ihm durch den Kopf. Das hier ist ein beschissener Aschenbecher.

WARUM ROBI VON DER GENERATION EX ÜBEL IST

In den letzten Tagen dachte Robi häufig darüber nach, wie er sich neulich beinahe geprügelt hatte. Er konnte nicht begreifen, was ihn dazu veranlasst hatte, sich mit dem Typen anzulegen. Gewalt war sicher nicht das Gewässer, in dem er gerne schwamm. Was war bloß in ihn gefahren, dass er in diese Sache geraten war, die ihn doch gar nichts anging? Und was wäre zum Beispiel geschehen, hätte der Typ plötzlich eine Pistole gezückt? So was kann schließlich passieren, dachte Robi, heutzutage verbergen sich unter den Jacken mehr Pistolen als Discmans. Ich hätte mir die Hosen voll gemacht und wäre dann in Ohnmacht gefallen. Vorausgesetzt, der Typ hätte mich nicht schon vorher erschossen – genau das wäre passiert, stellte Robi bitter fest. Und warum das Ganze? Wegen eines Mädchens, das sich anschließend nicht einmal bedankt hatte. Mehr noch, mitten im Trubel hatte sie sich verpisst, die undankbare Kuh. Er fauchte vor sich hin und begann nervös, die Bücher in den Regalen umzuräumen. Kümmer du dich um deine Geschäfte, Mann, dachte er. Die Stadt ist voll von Bodybuilderprolls, die dir ein Auge kaputtschlagen, weil du sie einmal zu oft angeguckt hast, von wegen Gorillas, Gorillas sind dagegen okay, mit einem Gorilla kannst du dich noch irgendwie verständigen, aber mit denen… ?

Hi, erinnerst du dich an mich? Robi drehte sich zur Tür und sah die Frau mit den pechschwarzen Haaren. Ach du Scheiße, erschrak er, da haben wir den Salat. Was, wenn jetzt auch noch der Kung-Fu-Freak hinter ihr auftaucht, samt seiner Freunde, alle mit Baseballschlägern bewaffnet. Und er in der Falle. Sie haben ihn wie eine Ratte in die Enge getrieben. Kein Ausweg mehr. Er kann sich nur hinhocken und flennen. Sein übliches Glück halt.

Hallo, sagte sie.

Schau an, der Typ ist wirklich nicht da. Sie ist allein. Robi fiel ein Stein vom Herzen. Erleichterung. Der Mensch braucht nicht viel, damit es ihm gut geht. Und bei Robi verwandelte sich die Erleichterung sofort in Ironie:

Ich hab gerade über dich nachgedacht.

Wie schön.

Als wäre nichts geschehen, als wäre er nicht beinahe umgekommen wegen ihr.

Wie man's nimmt.

Kann ich reinkommen?

Robi war jetzt völlig entspannt. Der Typ war wirklich nicht in der Nähe.

Nur wenn du etwas kaufst.

Kein Problem.

Sie untersuchte das Regal mit den neuen Titeln und Robi untersuchte ihr Gesicht nach den Spuren jenes Schlages. Da waren aber keine. Mit oder ohne Spuren, es war tatsächlich ein schönes Gesicht. So schön, dass Robi zu sabbern begann. Er witterte das verwundete Reh, das ahnungslos in der Höhle des Löwen Zuflucht sucht, und der Löwe mustert es nun, er hat ein zahmes Gesicht aufgesetzt und mustert es, oh ja, er wird es aufnehmen bei sich, na klar, er wird ihm die Wunden lecken und es dann fein am Hals packen und…

Was kauft man denn so heutzutage?

Bitte?

Ich fragte, was kauft man denn so?

Müll, der wird gekauft.

Nicht gerade eine Empfehlung.

Robi zuckte mit den Schultern.

Und welcher Müll wird am meisten gekauft?

Vor allem der Schrott, der in den Medien abgefeiert wird…

Robi schaffte es nicht, den einführenden Satz seines beliebten Mini-Essays über den Einfluss der Massenmedien auf die Literatur zu beenden, da eine Horde Jugendlicher lärmend in die Buchhandlung stürmte. Fünf oder sechs von ihnen schwirrten um die Regale, und die Buchhandlung kochte wie der Markt am Samstag. Robi mochte es nicht, wenn sie so in Rudeln auftraten.

Auch wenn sie etwas kauften, ein herabgesetztes Büchlein vielleicht, war das meist nichts im Vergleich zu dem, was sie unter ihren T-Shirts rausschleppten. Deshalb pfiff Robi laut, und sie wurden still und blickten ihn an. Er erklärte ihnen, dass das Teil dort – er zeigte auf die elektronische Anlage am Eingang – NICHT FUNKTIONIERTE, aber dass diese hier – er zeigte mit Mittel- und Zeigefinger auf seine Augen – empfindlicher seien als der EMPFINDLICHSTE SENSOR, und sie mögen es doch bitte nicht als Beleidigung auffassen, aber wenn er jemanden beim Bücherklauen erwischen würde, würde er ihm die Faust mit dem Teil da – er zeigte auf die Machete, die an der Wand hing – absäbeln.

Okay?, fragte Robi.

Die Jugendlichen blickten sich schweigend an und verließen einer nach dem anderen die Buchhandlung.

Du bist nicht gerade freundlich zu deinen Kunden, sagte sie.

Was für Kunden?, wunderte sich Robi. Nennst du das Pack vielleicht Kunden? Diese Stinktiere würden mir die Unterhose klauen, wenn ich nicht aufpasse. Wenn du zu denen freundlich bist, gehst du pleite.

Soll ich dich vor der Pleite retten, sagte sie, und nahm »American Psycho« vom Regal. Oder ist das auch Müll?

Gehörst du also auch zu dieser Generation EX, sagte Robi.

Wie bitte, sagte sie.

Er begann spöttelnd aufzuzählen:

Synthetische Drogen, synthetische Literatur, synthetischer Sex …

Wovon redest du eigentlich? In ihren Augen erschienen erste Anzeichen von Unbehagen.

Wovon rede ich eigentlich?, äffte er ihren beunruhigten Tonfall nach. Ich rede davon, dass mir von solchen Büchern übel wird. Das ist nicht einfach nur Müll, das ist…

Ich gehe, sagte sie, nachdem sie das Buch zurück ins Regal gestellt hatte.

Robi winkte ab.

Das ist aber blöd, sagte er.

Draußen lauert der Feind.

Sie blieb stehen und blickte ihn an. Ist er nur neurotisch oder auch gefährlich?

Entschuldigung, sagte er, ich dürfte so nicht über Bücher reden. Ich lebe ja schließlich davon.

Eigentlich bin ich gekommen, um dir für neulich zu danken, sagte sie.

Schon in Ordnung, sagte Robi.

Nichts ist in Ordnung, sagte sie. Hier kann man auf der Straße umkommen, wild gewordene Hunde können einen fressen, ohne dass irgendjemand…

Sie hielt inne und erstickte beinahe vor Wut.

Ja, sagte Robi, erstaunt über ihren Wutausbruch. Aber dein Freund…

Das ist nicht mein Freund, sagte sie verbittert. Er ist ein kleiner Stinker, der glaubt, dass er dich gleich ficken kann, nur weil er mal einen ausgegeben hat.

Hm, sagte Robi.

Und wenn er dich einmal gefickt hat, setzte sie im selben Tonfall fort, dann glaubt er, dass du in seinen ständigen Besitz übergegangen bist.

Ja, sagte Robi. Jetzt sabberte er schon ganz erheblich. Erste Sahne, Mann-o-Mann, was für ein Glück, ein solches Exemplar fällt mir einfach in die Arme, einfach so, Mann-o-Mann, ich werde mich noch verteidigen müssen…

Suzi, sagte sie und reichte ihm die Hand.

ÜBER KAFFEE IN DER DOSE UND WEIN IM TETRAPAK

hi vera,
mensch. fünfzehn jahre hören wir nichts voneinander, und dann legst du sofort los. typisch für dich und dein trainiertes weibliches ego. hättest du irgendwas anderes gesagt, dass ich ein idiot oder ein proll bin, okay, aber dass es mich mehrere male geben soll! aber ich gebe zu, ich habe mich über deine email echt gefreut. ich konnte mich allerdings nicht übermäßig freuen, weil ich tot und vergiftet bin. das liegt daran, dass ich gerade aus new york komme und mich im flugzeug mit so einem scheißkaffee aus der dose vergiftet habe (welcher schwachkopf hat sich nur diesen kaffee in der dose ausgedacht), und mir war übel von new york bis nach hause (ich lebe immer noch in toronto). wie geht's dir? was machst du so? bist du immer noch mit baba zusammen? wie geht's ihm, schreibt er überhaupt noch, ich finde nix im internet von ihm. wer von der alten clique hält sich noch auf den beinen? lebt kančeli noch? tschuldigung, aber mir fallen nur noch fragen ein. na immerhin, mein kopf ist gerade voll am platzen und alles verdunstet aus ihm, nur dieser scheiß schmerz nicht. ich versuch jetzt mal zu kotzen und dann schluck ich ein paar tabletten und leg mich

schlafen. tschüss. ich schreibe weiter, wenn ich wieder etwas zu mir gekommen bin.
melde dich.
tom.

Lieber Tom,
ich bin erstaunt, immer noch versuchst du, etwas Besonderes zu sein. Während normale Menschen sich mit Essen, Alkohol und dergleichen vergiften, stürzt du dich auf Kaffee in der Dose! Ich habe nicht mal gewusst, dass es so was gibt. Ich dachte, dass Wein im Tetrapak der Tiefpunkt ist, auf den der Mensch als Verbraucher sinken kann.
Ich war weder in New York, noch habe ich so was Exotisches getrunken, aber ich fühle mich auch tot und vergiftet (gute Beschreibung). Kann sein, dass das vom schwülen Wetter hier kommt, oder vom Gestank der Müllhalde in Jakusevac, oder ich bin einfach an der Reihe. Und heute ist ein ekliger Montag, und das schon seit dem frühen Morgen, da ist nichts zu machen. Davon abgesehen geht es mir ganz gut. Schon seit Jahren habe ich eine Stelle als Junior-Assistentin in der Anglistik. Das hört sich super an, ich meine das Junior, aber leider bezieht sich das nur auf meinen Status und mein Gehalt, nicht auf mein Alter. Ich werde wahrscheinlich als Junior-Assistentin in Rente gehen.
Und die alte Clique? Keine Ahnung, wo die alle sind. Duda ist in London, sie hat dort einen Typen geheiratet, der ganz okay ist. Sie kommen jeden Sommer, dann sehen wir uns und trinken Kaffee (ganz normalen aus der Tasse). Die anderen sind hier irgendwo, aber ich sehe sie kaum. Jeder zieht seinen privaten

Streifen durch, jeder schlägt sich mit seinen eigenen Problemen herum. Soviel ich weiß, ist kaum jemand von unserer Generation ins Ausland gegangen. In unserem Alter und mit unserer Ausbildung braucht uns draußen keiner. Um ehrlich zu sein, hier auch nicht. Und dann noch der Krieg. Ich meine, diese Jahre sind so schnell in totalem Durcheinander vergangen, so als hörtest du eine LP auf 78, wenn man sich in diesen digitalen Zeiten noch so ausdrücken darf. Und kaum haben wir uns umgedreht, schon erwischt uns die midlife crisis.

Ach Mist, dass ist keine gute Geschichte. Soll ich dir ein paar Lügen erzählen? Das wird lustiger.

Baba und ich sind immer noch zusammen, aber das Thema ist ein bisschen kompliziert, und ich bin mir nicht sicher, ob ich jetzt darüber schreiben möchte. Irgendwann erwischt es jeden, dass er einen Schlussstrich und Bilanz ziehen will, und es sieht so aus, als würde ich gerade mitten in dieser mathematischen Akrobatik stecken. Baba schreibt nicht, es ist bei dem einen Buch geblieben... Er hat Kriegsreportagen geschrieben, und das hielt ihn an der Oberfläche, aber dann war der Krieg zu Ende, und er hat sich – wie soll ich sagen – etwas verloren. Er wusste nicht, wohin mit sich selbst. Jetzt hat er eine Stelle als Redakteur bei Agramer und erzählt, dass er wieder Geschichten schreiben will. Wir leben in einer Mietwohnung in Utrine und das war's auch schon.

Ach ja, Kančeli ist auch hier in Utrine, er und Baba hängen ständig zusammen herum. Kančeli hat Irena aus Pula geheiratet, sie haben eine Tochter, er hat Karriere in einer Rechtsanwaltskanzlei gemacht, aber dann hat er heftig zu trinken angefangen. Typische Nummer aus dem Katalog der männlichen

Dummheiten, oder etwa nicht? Und als Irena mit ihrer Tochter nach Pula zurückging, ist er völlig durchgedreht. Er hat gekündigt, alles aus seiner Wohnung verkauft (buchstäblich alles), und jetzt lebt er wie ein Eremit. Am Anfang war das ein echter Zirkus. Er hatte Probleme mit den Nachbarn, am laufenden Band kam die Polizei, von wegen man könne nicht einfach ohne Strom, Telefon und solche Dinge leben, er führe sicher irgendwas im Schilde, er sei ein Dealer, Terrorist oder ein gefährlicher Irrer oder so was in der Art. Aber irgendwann haben sie ihn dann in Ruhe gelassen.

Erhol dich schnell von dem Kaffee in der Dose und melde dich wieder.

Gruß.

Vera

ÜBER EINEN K.O. GESCHLAGENEN BOXER UND BILLY THE KID UND EINEN DURCHSCHAUTEN KUCKUCK

In Veras und Babas Wohnung erstarb ein Geräusch nach dem anderen. Man hörte morgens kein Radio mehr und abends nicht mehr das Scheppern der Töpfe und das Schlagen des Fleischklopfers. Es gab keine Streitereien mehr über Rezepte für Brudet oder darüber, welcher Käse am besten zu Risotto mit Muscheln passte. Die Zigeuner und Miles Davis hatten ihre Trompeten in die Ecke gestellt. Die Samstagskonzerte für Staubsauger und Orchester wurden abgesagt (Baba behauptete, dass man am besten beim Radetzky-Marsch staubsaugt). Die Toilettenspülung war nicht mehr so laut wie einst, und auch die Wasserhähne hatten aufgehört zu tropfen. Aus ihrer Wohnung hörte man nur noch gedämpftes menschliches Zischen und das gespenstische Geräusch des Fernsehers. Wie sagte doch jemand so richtig: Die Liebe dauert ewig – bis zur Ehe. Und dann verliert sie an Farbe, an Geruch und Geschmack, und verwandelt sich in eine Abfolge von Situationen wie dieser:

Eines Abends kam Baba in die Wohnung und fragte, was es zu essen gäbe. Vera musste Baba gar nicht anschauen, um zu kapieren, in welchem Zustand er war – Baba strahlte vor Trunkenheit mit der Kraft von Supernovas. Immer, wenn Baba so nach Hause kam, flatterten verrückte Vögel wie wild in ihrem Kopf. So auch diesmal. Die verrückten Vögel schlugen mit ihren Flügeln und kreischten in Veras Vogelbauer-Kopf. Sie stand auf und marschierte in die Küche.

Schau mal, sie zeigte auf den Kühlschrank. Das hier ist ein Kühlschrank. Und diese Kiste mit den runden Platten, das ist ein Herd. Das hier auf dem Regal in den Dosen und Gläsern, das sind Gewürze. Und auf dem Regal da drunter befinden sich – wie du sehen kannst – Kartoffeln und Nudeln. Ein durchschnittlich intelligenter Mensch kann in einem angemessenen Zeitrahmen mit Hilfe dieses Gerätes – sie tätschelte den Herd mit ihrer Hand – eine anständige und essbare Mahlzeit zubereiten, indem er die Inhalte von Kühlschrank und Regal kombiniert. Für den Anfang schlage ich dir Rührei vor.

Welcher Teufel ist in dich gefahren?, fragte Baba. Ich kann kochen, ich koche besser als du.

Baba kapierte immer noch nichts. Dieser Wutausbruch erwischte ihn unvorbereitet, und er stand dort mitten in der Küche und starrte verwundert den Teekessel und die Zitrone auf einer der Fliesen an. Das was er gerade erlebt hatte, so dachte er, war entweder das Ergebnis eines tragischen Missverständnisses oder es war die Folge von Ereignissen, über die er nicht informiert war und zu denen er deshalb auch keine Haltung einnehmen konnte, oder (und diese Möglichkeit hielt Baba für die wahrscheinlichste) es handelte sich um ein übles Trauma aus Veras Kindheit, das ihm bisher verborgen geblieben war.

Gut, sagte er, was hast du für ein Problem?

Was ich für ein Problem habe?

Genau.

Dich. Du bist mein Problem.

Ich, warum?, sagte Baba überrascht.

Vera hasste das, was sie nun sagen würde. Die Antwort, die sie nun geben würde, hatte sie hundertmal in Filmen gehört, aber nicht einmal in ihren düstersten Visionen konnte sie sich vorstellen, selbst einen solchen Text vortragen zu müssen. Für viele Dinge hat man noch keine neuen Worte gefunden, und die alten sind derart abgenutzt, dass man gar nicht mehr weiß, was man noch mit ihnen anfangen soll. Sie aussprechen und damit das Risiko eingehen, wie ein Idiot dazustehen, oder einfach den Mund halten? Vera stand jetzt genau vor dieser Wahl, die Situation war total beschissen, aber sie konnte nicht anders, sie war gezwungen, diese Worte auszusprechen, Baba hatte sie gezwungen sie auszusprechen, und sie hasste Baba dafür, und auch sich selbst hasste, hasste, hasste sie…

Weil du ein Säufer bist, Baba, zischte sie, weil du trinkst, zischte sie, weil der Alkohol dich auffrisst, zischte sie, sieh dich doch an, sieh dich an, sieh dich…, sie rannte ins Schlafzimmer und knallte die Tür hinter sich zu.

Und Baba stand nur da und wunderte sich, was mit ihr los war.

Ich bin betrunken, ja und?, dachte er. Warum deswegen so ein Zirkus, wenn es eben so ist. Ich war auch betrunken, als sie mich kennen gelernt hat. An dem Tag haben Kančeli und ich uns dreimal betrunken und dreimal sind wir wieder nüchtern geworden, das schien ihr damals witzig zu sein, und jetzt macht sie solch einen Aufstand. Keine Ahnung, ich hab mich jedenfalls nicht verändert, aber sie…

Baba schüttelte seinen Kopf wie ein Boxer, der gerade K.O. ging, und stellte sich vor, Billy the Kid zu sein, und zwar in der Szene, als Garrett ihm vorschlägt, New Mexico zu verlassen, weil er bald Sheriff des Bezirks Eton sein werde.

Was ist das für ein Gefühl, fragt ihn Billy.

Als hätten sich die Zeiten geändert, sagt Garrett.

Die Zeiten vielleicht, sagt Billy, aber ich nicht.

An einem anderen Abend schob Baba die Hand unter die Bettdecke und betastete Veras Hüfte. Vera hatte sich früher hingelegt; im dunklen, stillen Zimmer wälzte sich Baba unruhig und von Lust besessen im Bett hin und her. Vera war noch nicht eingeschlafen, sie lag angespannt da und hielt ihren Atem an wie ein Taschendieb auf der Flucht, wenn er sich in einem Hauseingang versteckt hat und dort wartet und horcht – aber dann fanden sie Babas Finger. Vera erstarrte.

Wir haben hier eine fast mythische Situation. Aber nicht so wie die, in der Zeus sich in einen durchnässten Kuckuck verwandelte, so dass Hera ihn aus Mitleid in die Arme nahm und an ihrer Brust wärmte, um dann von Zeus, der wieder seine Gestalt angenommen hatte, vergewaltigt zu werden. Diese Phase hatten Vera und Baba schon hinter sich. Wir haben es hier mit einem Kuckuck zu tun, der durchschaut worden ist, mit Baba, der unter Veras Decke geschlüpft ist und ein bisschen an ihrem Schlüpfer herumfummelt und sie küsst. Vera wehrte sich nicht. Sie stellte sich vor, dass sie irgendwo weit weg wäre, in einer leeren, abschüssigen Straße mit Häusern, die saubere Fassaden haben, Abenddämmerung, und am Ende der Straße leuchtet eine Neonreklame mit einem blau fluoreszierenden Saxophon und mit roten, spitzen Buchstaben. Vera ist berauscht von dem Spaziergang und vom Ozon, und der Kaffee in jenem Café am Ende der Straße wird ihr richtig gut tun… Dann, als Baba sich schon auf sie gewälzt hatte, stellte sie sich vor, sie wäre eine Aufblaspuppe und dann eine Schauspielerin in einem Pornofilm, die Geld braucht, um etwas Schreckliches loszuwerden… um Baba loszuwerden.

Währenddessen drang Baba in etwas Trockenes und vor Angst und Ekel Verkrampftes ein, küsste fest geschlossene, kalte Lippen, und Vera starrte mit weit aufgerissenen Augen ins Dunkel und wartete darauf, dass der Schmerz vorüberging. Der Schmerz ging vorüber… später trocknete auch das Sperma… Baba war schon längst eingeschlafen… Vera aber lag weiter wach und starrte ins Dunkel. Sie spürte Erleichterung. Oder zumindest so etwas wie Erleichterung. Wie wenn ein fauler Zahn entfernt worden ist und der Schmerz verschwindet. Alles was bleibt ist die Erinnerung an den Schmerz.

WIE KANČELI ZUNÄCHST AAAAA-HA! RIEF UND WIE ER SPÄTER DEN WEICHENSTELLER TRAF

Den ganzen Morgen über tigerte Kančeli durch die Wohnung. Eine schlimme Vorahnung hatte ihn erwischt, die er sich nicht erklären konnte. Er versuchte sie zu vertreiben, indem er zunächst Staub wischte. Das ging schnell. In seiner Wohnung gab es nur wenige Gegenstände, auf denen sich Staub absetzen konnte. Dann wusch er die schmutzige Wäsche. Auch das ging schnell. Die gewaschene Unterhose und das T-Shirt hängte er auf eine Leine auf seinem Minibalkon und zündete sich eine Zigarette an. Die üble Vorahnung war immer noch da. Eigentlich eher eine Spannung als eine Vorahnung. Ein Überfluss an Energie. Er warf sich auf den Boden und begann Liegestütze zu machen. Vierzig, fünfzig, sechzig, scheißenochmal… Die Spannung ließ nicht nach. Er ging in die Badewanne und stand lange unter der kalten Dusche. Nichts. Nur sein Kleiner wurde steif. Er begann zu masturbieren. Er masturbierte ohne besondere Lust, ohne an etwas zu denken, routinemäßig, wie ein Segler am Tau zieht. Die Spannung wurde größer. Er begann wild durch das Zimmer zu kreisen und atmete tief ein und aus, jedem Ausatmen folgte ein lautes HA. AAAAAA-HA! AAAAAA-HA! AAAAAA-HA! Sein Kater Čombe, der im Blumenkasten saß, blickte ihn verstört an und dachte, dass er nun völlig verrückt geworden sei. Und dann blieb Kančeli vor der Schiebetür stehen und starrte den Zeitungsausschnitt an. Zentrum für Suchtprävention, Rotes Kreuz, Park der Freundschaft, Jarun.

Und nun steht er auf dem Platz vor dem Roten Kreuz, raucht und starrt den Glockenturm der Kirche Heilige Mutter der Freiheit an. Ein passender Moment für eine Erleuchtung oder ähnliche erhabene Dinge, aber Kančeli denkt weder über Gott nach, noch über die Heilige Mutter, noch über die Freiheit. Er ist nervös, fühlt sich wie ein Verräter, wie ein Arschloch, das sich freiwillig ergibt. Aus der Ferne wirft er einen Blick zur Eingangstür. Ist das da ein Portierhäuschen oder etwas Gefährlicheres? Wer weiß das schon? Er zündete sich eine neue Zigarette an und beginnt hin und her zu laufen und versucht dabei, den Eindruck eines Menschen zu erwecken, der auf irgendjemanden wartet. Auf eine Angestellte des Roten Kreuzes, die er zum Kaffee abholt und dann, mal sehen. Ja, deshalb steht Kančeli an diesem hässlichen Ort. Liebe und ähnliche Geschäfte. Und dann taucht plötzlich die Schlussszene aus »The Wild Bunch« vor seinen Augen auf. Die, in der die Typen saufend eine Nacht mit Huren verbringen und am Morgen einer sagt: Let's go! und der andere schaut ihn an und sagt: Why not! Und dann beginnt der Fight.

Das waren echte Männer, murmelt Kančeli, tritt die Zigarettenkippe aus, geht am Portier vorbei, in die zweite Etage und betritt den Warteraum des Zentrums für Suchtprävention.

Der Warteraum war gespenstisch leer. Er setzte sich auf einen orangefarbenen Plastikstuhl und wartete. Diese Plastikstühle sehen in allen Ambulanzen der ganzen weiten Welt gleich aus und sollen den Menschen wohl ein Gefühl von Sicherheit geben. Nach dem Motto: Wo auch immer Sie sind, in der Ambulanz sind Sie zu Hause. Oder: Unser Warteraum ist Ihr Platz an der Sonne.

Scheiße und nochmal Scheiße, dachte Kančeli, draußen tummeln sich ganze Heere schwer bewaffneter Süchtiger, und was soll das hier? Leer. Kein Mensch weit und breit. Als ob die Pest hier gewütet hätte.

Fünf, zehn, fünfzehn Minuten saß er in dieser schaurigen Stille, und dann erwischte ihn die Panik. Er begann zu zittern. Hau ab, zischte sein Gehirn, hau ab, solange es noch nicht zu spät ist, verschwinde von hier, und Kančeli stand auf und ging zum Ausgang, aber er war nicht schnell genug. Vor ihm öffnete sich eine Tür, und darin tauchte ein Mann mit zerknittertem, aschfahlem Gesicht auf.

Kann ich Ihnen helfen?, fragte er.

Kančeli drehte sich um, als wäre der Warteraum rappelvoll und als wäre er nicht sicher, ob sich der Mann gerade an ihn gewandt hatte, und dieser stand nur in der Tür und blickte durch Kančeli hindurch und dachte dabei an weiß Gott was.

Alkohol, sagte Kančeli schließlich.

Kommen Sie herein, sagte der Mann.

Er setzte sich auf einen Tisch voller Mappen und bot Kančeli den Zweisitzer aus Kunstleder an.

Ich höre.

Kančeli starrte das Schränkchen in der Ecke an, auf dem ein blaues Plüschdeckchen lag und darauf – wie Edelsteine – eine rosarote Muschel, eine Plastikrose und das Foto einer Frau. Währenddessen betrachtete der Mann Kančeli ohne jedes Interesse. Was für ein Typ, dachte Kančeli. Verbringt das Leben in diesem Loch, auf diesem Tisch, mit seinen Zeitungen und Lottoscheinen und ist glücklich wie der Teufel. Es reicht ihm, dass er nicht ist wie ich.

Also, sagte der Mann mit müder Stimme.

So richtigen Andrang haben Sie aber nicht gerade, sagte Kančeli, um Zeit zu schinden.

Der Mann zuckte gleichgültig mit den Schultern.

Ich höre, wiederholte er, aber sein Gesichtsausdruck verriet, dass ihm das, was er hören würde, schnurzegal war.

Kančeli begriff das und verspürte Erleichterung. Okay, dachte er, wir werden ernsthaft spielen, wie Profis. Ich stecke also in der Scheiße und du bist mein Retter. Wir werden uns nett unterhalten, und dann geht jeder wieder auf seine Seite. Daraufhin erzählte er ihm in gröbsten Zügen seine Geschichte. Nachdem er einen Teil seines Mülls vor ihm ausgeschüttet hatte, stand Kančeli nach seiner anfänglichen Nervosität und Verlegenheit wieder fest auf dem Boden.

Wissen Sie, sagte der Mann und blickte ihm dabei in die Augen, ich bin eigentlich Fachmann für Heroinabhängigkeit, nur dass ich heute Dienst habe, aber...

Ich verstehe, unterbrach ihn Kančeli. Es tut mir leid, Sie enttäuscht zu haben, aber ich habe wirklich keine Erfahrungen mit Heroin und harten Drogen, ich bin nur ein anständiger Säufer. Aber, fuhr er fort, ich könnte mich vielleicht umschulen lassen und in ein, zwei Monaten wieder vorbeikommen, was sagen Sie dazu?

Der Mann überhörte Kančelis Geschwafel und sagte, dass das Zentrum nur die erste Stufe im Kampf gegen die Sucht sei. Er fügte hinzu, dass es positiv sei, dass sich Kančeli auf eigene Initiative mit seiner Krankheit auseinandersetze, und es folgten einige

Ärztephrasen. Zum Schluss verwies er Kančeli an die Abteilung für Alkoholismus in Vrapče.

Wir sind hier nur die Weichensteller, sagte der Mann, und begleitete Kančeli zur Tür. Die Psychiatrische Klinik ist ein Limbus, und es hängt nur von Ihnen ab, ob sie in der Hölle oder im Paradies landen.

Fick dich ins Knie, sagte Kančeli in Gedanken zu dem Mann, und du kommst direkt ins Paradies.

ÜBER GLASIGE AUGEN UND ALTE VERSTECKE

Vera schwenkte, über die Spüle gebeugt, leicht ein Sieb voller Kürbisblüten. Obwohl sie noch nie Kürbisblüten gegessen hatte, ahnte sie, dass sie sie mögen würde. Frittierte Kürbisblüten. Wie schmecken die wohl? Wenn man Kürbisblüten frittieren kann, warum dann nicht auch Rosenblätter, dachte sie. Oder Lilienblüten, Magnolien, Narzissen und Tulpen. Was für ein Blumenstrauß auf dem Teller! Sie schüttete die feuchten Blüten auf ein Küchentuch und beobachtete, wie die Wassertropfen auf den zarten Blüten glänzten. Sie fragte sich, ob sie sie sofort salzen solle oder ob sie warten müsse, bis sie getrocknet waren. Das war etwas, worüber sie nachdenken musste.

In diesem Moment kam Baba aus dem Schlafzimmer herausgetorkelt. Es war früher Nachmittag. Baba murmelte etwas im Vorbeigehen und ging auf die Toilette. Vera lief es kalt den Rücken herunter.

Erst traf ein starker Urinstrahl die ruhige Wasseroberfläche in der Kloschüssel. Vera sprang zum Radio auf dem Fensterbrett und stellte es an, aber es war zu spät. Das erste Stück Scheiße klatschte schon in die Schüssel. Eine Welle des Angewidertseins erwischte Vera mit voller Kraft, und sie setzte sich zitternd auf einen Stuhl.

Jesus, sie hielt sich mit beiden Händen den Bauch und versuchte den Ekel in den Griff zu kriegen.

Nein, Vera ist beileibe keine Puritanerin, das habt ihr wohl schon begriffen. Sie weiß nur sehr genau, dass der Fall eines Stücks Scheiße in eine Kloschüssel ein sehr deutliches Indiz für die Nähe zwischen zwei Menschen ist – und auch all die anderen Geräusche aus dem Badezimmer. Baba bemühte sich im Übrigen nie, diese Geräusche vor Vera zu verbergen. Sie zum Beispiel durch Husten zu übertönen oder etwas Ähnliches. Um ehrlich zu sein, auch sie hatte nicht lange gebraucht, um diesbezüglich ganz entspannt zu sein. Das geht eben ganz schnell zwischen Menschen, die sich lieben. Was bedeutet schon der Fall eines gewöhnlichen Stücks Scheiße in die Kloschüssel für Menschen, die sich lieb haben? Nichts. Ein weißes Geräusch. Ein Ton wie das Zwitschern einer Amsel, wie das Bellen eines Hundes oder das Prasseln von Regentropfen auf Lindenblätter. Ein beruhigender Ton, der die Anwesenheit der geliebten Person bestätigt. Aber wehe denen, die beginnen, diesen Ton nicht mit dem Herzen, sondern mit den Ohren zu registrieren. Wenn sich euch erst einmal der Magen dreht vom Herabplumpsen der Scheiße einer geliebten Person, dann gibt es keine Rettung mehr. Es ist an der Zeit, dass einer seine Koffer packt.

Nachdem sie ihren Ekel unterdrückt hatte, überlegte Vera, was sie tun sollte. Zunächst machte sie das Radio lauter. Dann warf sie die Kürbisblüten in den Müll. Sie setzte sich und wartete, dass Baba aus der Toilette kam.

Hör mal, Manu Chao, sagte Baba, während er sich den Hosenschlitz zuzog. Was wird gefeiert?

Dein Abschied, Baba, sagte Vera.

Mein Abschied?

Ja.

Veras Augen, nicht ihre Worte, zerlegten Baba. Zwei glasige Augen blickten ihn an, in denen keine Spur Gefühl mehr vorhanden war. Nur zwei präzise optische Geräte – so sahen Veras Augen aus.

Ich gehe nirgendwohin, sagte er und wendete dabei seinen Blick ab.

In der Wohnung aber gab es keinen sicheren Platz mehr, an dem Baba seinen Blick verstecken konnte. Egal wohin er nun sah, irgendwann hatte er dort schon einmal seinen Blick vor Veras Blick versteckt. Die alten durchschauten Verstecke und die alten durchschauten Entschuldigungen. Es gab keine neuen mehr.

Dann gehe ich weg.

Dieselben Augen. Oh Gott, das war kein Scherz mehr. Baba bemühte sich, die Fassung zu bewahren.

Nein, niemand muss hier weggehen.

Vera lachte kurz hysterisch auf.

Hey mein Lieber, darüber sind wir doch schon längst hinaus.

Und schon wieder diese toten, starren Augen.

Was zum Teufel guckst du mich so an?

Verpiss dich, Baba! Nimm deine Sachen und hau ab.

ÜBER DIE ALTE FRAU MIT DEM MÜDEN PUDEL, EIN ALTSAXOPHON UND AUGEN IN DER FARBE EINES FRISCHEN HÄMATOMS

Aus seiner Wohnung hatte Kančeli einen guten Ausblick auf die Welt, auf die Gegenwart und die Zukunft, und zwar in der Totale. Er brauchte keine Zeitung zu lesen, kein Fernsehen zu schauen und keine Nachrichten zu hören um mitzubekommen, was los war und in was für einer Welt er lebte. Er brauchte nur neun Stockwerke nach unten zu gehen und eine Runde durch das Viertel zu laufen.

Die Menschen, die er heute Morgen traf, zeugten davon, dass sich nichts verändert hatte, dass es heute genauso war wie gestern und dass es morgen schlechter sein würde. Welcher Hölle ist der, der da reglos auf der Bank im Schatten der Zwergeichen sitzt, heute früh wohl begegnet, fragt sich Kančeli. Einer neuen Rechnung im Briefkasten? Einem kaputten Herd, dessen Reparatur er nicht bezahlen kann? Einem leeren Kühlschrank und einem knurrenden Magen, der Musik, die er in letzter Zeit am häufigsten hört? Oder jene alte Frau, die mit ihrem müden Pudel Gassi geht, woran denkt sie wohl gerade? Vielleicht fragt sie sich, welchen Fehler sie gemacht hat und ab wann die Dinge begannen schiefzulaufen? Oder vielleicht daran, ob man Hundefleisch wie Wild oder doch besser wie Lammfleisch zubereitet? Und das Mädchen in der Schlaghose, die so eng an ihrem Hintern klebt, das gerade an der alten Frau vorbeigeht – ist sie sich dessen bewusst, dass sie gerade an ihrer Zukunft vorbeigelaufen ist? Weiß sie überhaupt, was sie erwartet? Ganz bestimmt nicht, denkt Kančeli, denn wäre sie sich dessen bewusst, dann hätte sie nicht so einen entschlossenen Gang.

Solche Gedanken wälzend, lief Kančeli heute früh in Richtung Markt und ahnte nicht, dass seine dramatischen Mutmaßungen reinster, literarischer Firlefanz waren. Dem Mann auf der Bank war heute Morgen nichts Besonderes widerfahren, er war einkaufen gewesen, hatte die Zeitung durchgeblättert, einen Kaffee getrunken, und nun saß er da und wartete auf Gesellschaft für eine morgendliche Partie Bela. Und die alte Frau hatte nur versucht, sich an das Gesicht des jungen Mannes zu erinnern, der vor langer Zeit auf den Partys im Studentenwohnheim Platten von Charlie Parker auflegte. Sie schaffte es nicht, sein Bild schärfer werden zu lassen, aber es schien ihr, als hörte sie von irgendwoher, aus einem offenen Fenster, vom Himmel oder von wo auch immer, den klaren, reinen Ton eines Altsaxophons. Das Mädchen in der Schlaghose ihrerseits konnte sich selbst nicht einmal in ihren wildesten Träumen als alte Frau vorstellen. Sie sah die alte Frau mit dem Pudel gar nicht, nicht einmal ein lärmendes Feuerwehrauto hätte in diesem Augenblick ihre Aufmerksamkeit erregen können, da sie gerade in die Apotheke eilte, um Clearblue zu kaufen, um die schon einige Tage anhaltende Angst und Ungewissheit zu beenden.

Kančeli jedoch kümmerte sich nicht darum, wie die Dinge wirklich waren, sondern spann seine Geschichte weiter. Er stellte eine Liste jener Themen zusammen, die unsere Aufmerksamkeit von den Käfern in der Wiese ablenken, von den Menschen, mit denen wir zusammenleben, vom sauren Regen und so weiter.

Die biblischen Prophezeiungen sind die reinste Ablenkung, sinnierte Kančeli. Wir warten darauf, dass die Reiter der Apokalypse am Himmel erscheinen, dass sie auf ihren bunten Pferden angeritten kommen, aber sie sind hier schon längst vorbeigedonnert. Das Jüngste Gericht hat sich schon ereignet, wir wissen es nur noch nicht. Denn wir haben Besseres zu tun, Freundchen, wir sind mit Wichtigerem beschäftigt

mit den Derbys zwischen Dinamo und Hajduk

mit den Geburtstagen der Königinmutter

mit den neuesten Gesichtscremes, Waschmitteln und Damenbinden mit Flügeln

mit den Silikontitten von Pamela Anderson

mit den Schönheitsoperationen und den chemischen Experimenten an der Haut dieses angeblich weißen Pädophilen

mit Leben und Tod von Prinzessin Diana und all den anderen Prinzen und Prinzessinnen

mit den Problemen und dem Liebeskummer der Typen aus Beverly Hills und ähnlichen Hügeln

und mit all den wichtigen Dingen, ohne die unser Leben elend, arm und leer wäre…

Hey, Kančeli!

Kančeli zuckte zusammen und sprang zur Seite.

Gute Beinarbeit, sagte Vera, ihm dabei bewundernd zuschauend.

Kančeli seufzte auf.

Scheiße, Vera, ich weiß, dass du mich nicht magst, aber willst du mich wirklich umbringen, sagte er.

Wer, ich?, fragte Vera. Wie kommst du denn darauf?

Ich meine, wenn du dich so auf mich stürzt, während ich gerade nachdenke, sagte Kančeli und griff sich dabei ans Herz.

Oh, eigentlich habe ich dir das Leben gerettet, sagte Vera. Hätte ich dich nicht bei diesem, hm, Nachdenken unterbrochen, wärest du – so tief vertieft in deine tiefsten Gedanken – direkt unter einen LKW geraten oder so.

Kančeli schaute sie finster an. Ich hab echt keine Ahnung, wie Baba dich ertragen kann, sagte er. Ich könnte das keine Sekunde aushalten.

Sehr gut, sagte Vera. Wie wäre es, wenn wir einen Kaffee zum Abschied trinken würden?

Zum Abschied?, fragte Kančeli.

Wir haben beinahe eine ganze Sekunde zusammen verbracht, und du verlässt mich jetzt, aber bevor du ein für alle Mal weg bist, wirst du mir hoffentlich einen unvergesslichen Kaffee gönnen, im Namen der guten alten Zeiten.

Kančeli sah sie argwöhnisch an.

Ich lad dich ein, sagte Vera.

Kančeli überlegte.

Es wird doch wohl keine unaufschiebbare Arbeit auf dich warten, oder?, sagte Vera.

Okay, was willst du, fragte Kančeli sie, nachdem sie sich einig geworden waren, dass der Kaffee in der Pizzeria Asterix am besten schmeckte, auch wenn der Fischgeruch vom benachbarten Markt ein wenig zu penetrant war.

Warum glaubst du, dass ich etwas Besonderes will?, fragte Vera. Vielleicht wollte ich nur einen Kaffee mit dir trinken.

Kann ich mir kaum vorstellen, sagte Kančeli und gähnte dabei.

Ist es wirklich ein so großes Problem für dich, die Hand vor den Mund zu halten, während du gähnst?, fragte Vera mit aufrichtigem Interesse.

Wie bitte?, sagte Kančeli.

Wenn du dich etwas eingehender damit beschäftigen würdest, sagte Vera, und, sagen wir, deinem Kind beibrächtest, dass es beim Gähnen die Hand vor den Mund halten soll, dann würde sich dieser Bewegungsablauf in deiner Familie schon in kaum dreihundert Jahren zu einem Automatismus entwickelt haben.

Ich hab solche Probleme nicht, erwiderte Kančeli trocken.

Dieser Fischmarkt stinkt wirklich sehr, sagte Vera, die zu spät begriffen hatte, dass sie mit ihrer Bemerkung über die Erziehung von Kindern ein Tabu berührt hatte.

Darüber willst du also mit mir reden, sagte Kančeli. Über die Erziehung von Kindern und darüber, wie stark der Fischmarkt stinkt?

Ich verlasse Baba, sagte Vera.

Kančelis Hirn analysierte und verarbeitete diese Information für eine gewisse Zeit. Und als diese Operation beendet war:

Scheiße, was hat das mit mir zu tun, sag es Baba, du kannst mich nicht in eure Querelen reinziehen…

Langsam, unterbrach ihn Vera, warum regst du dich so auf?

Ich habe mich nicht aufgeregt, sagte Kančeli nervös, ich verstehe nur nicht, warum du meinst, das ginge mich was an?

Weil du sein bester Freund bist, sagte Vera. Oder habe ich da etwas falsch verstanden?

Kančeli schwieg und betrachtete die Lippenstiftspuren auf Veras Tasse.

Und auch deshalb, weil ich es Baba schon hundertmal gesagt habe, er aber so tut, als würde er es nicht hören. Und ich möchte wirklich nicht seinen Kram aus dem Fenster schmeißen, damit er begreift, dass ich es ernst meine.

Kančeli blickte in Veras Augen und sah etwas, einen Schatten oder etwas Ähnliches, das Veras hellen, grünen Augen die Farbe eines frischen Hämatoms verlieh. Und er begriff, dass Vera weder eine Schulter zum Ausweinen suchte noch irgendwelche Ohren, denen sie ihr Leiden hätte eintrichtern können (dann würde sie sicher nicht zu mir kommen, schloss Kančeli völlig korrekt), sondern dass sie panisch nach einer Nottreppe suchte, nach dem möglichst kürzesten Ausweg aus der Situation, in der sie sich befand.

Ist es so übel?, fragte er.

Ja, sagte Vera. Und es wird von Tag zu Tag schlimmer.

Kančeli erwiderte nichts. Es war nicht notwendig. Abwesend betrachtete er, wie sich vor dem Bäckereikiosk zwei Spatzen um ein Stückchen Brot balgten. Er sah weder Žac noch Jajo hinter Veras Rücken herumgestikulieren, ihm Zeichen gebend, dass sie noch auf ein Bier in die Cafeteria gingen.

Anfänglich hat er mein Schweigen als Zustimmung missverstanden, fuhr Vera mit heiserer Stimme fort. Und als ich angefangen habe, ihm wegen der Sauferei Vorwürfe zu machen, verhielt er sich, als wäre ich nur zickig… Jetzt will er nichts mehr davon hören… Ich weiß nicht.

Die Spatzen waren in verschiedene Richtungen davongeflogen. Žac und Jajo verschwanden hinter der nächsten Ecke.

Und was soll ich jetzt tun?, fragte Kančeli.

Rede mit ihm, sagte Vera.

ÜBER DAS GESCHENK ALLAHS, ÜBER DEN G-PUNKT UND EINEN TAIFUN MIT MÄNNLICHEM NAMEN

Auf der Stadt, die auf dem 40. Breitengrad liegt, lastete an diesem sommerlichen, windstillen Tag seit dem frühen Morgen jene aufgeheizte Mixtur aus Stickstoff, Sauerstoff, Kohlenmonoxid und -dioxid (und Schwefel und Blei, nicht zu vergessen jene Substanzen, die von der Müllverbrennungsanlage freigesetzt werden). Ein verrückter, kranker Tag. Als würde alles im Auspuff eines LKWs stattfinden. Ein Tag, wie geschaffen für einen Selbstmord. Oder für ein ausgiebiges Besäufnis aus Verzweiflung mit einem Mix aus Kölnisch Wasser und reinem Alkohol. Alles hat sich von der Straße verzogen. Sogar die Schatten sind in Keller und in klimatisierte Räume zurückgewichen.

Kančeli und Stjepan sitzen in Kančelis Höhle. Die Fenster sind geschlossen, die Rollladen herabgelassen, aber die Hitze prallt dennoch direkt auf ihre Köpfe, und die beiden hecheln wie Hunde. Ich wollte im Park eine Partie Bela spielen, aber es war keiner da, sagte Stjepan, als wolle er sein plötzliches Kommen rechtfertigen.

Ist in Ordnung, Štef, sagte Kančeli, du störst nicht.

Meine Rentnerclique kommt an so einem Tag nicht aus ihren Löchern, sagte Stjepan und wischte sich dabei mit der Hand über die Stirn. Sie befürchten, dass ihre Pumpe sie im Stich lässt oder wer weiß was passiert. Als hätten sie irgendwas zu verlieren. Als hätten sie noch Jahre vor sich.

Willst du einen Tee?, fragte ihn Kančeli.

Gern, schwarz ohne Zucker, wenn's geht, sagte Stjepan.

Klar.

Ist Čombe hier?

Hab ihn heute noch nicht gesehen.

Dann ist er zu Hause, hat sich wohl irgendwo versteckt. Ich hab jedenfalls keine Angst vorm Tod. Was kann ich schon verlieren? Gar nichts. Ich hab lange genug gelebt, hab viel gesehen, zwei Kriege, drei Regime und unzählige Schlägereien überlebt... Ich schulde niemandem was, und keiner wird mir nachtrauern... Es ist dumm, sich von der Vergangenheit quälen zu lassen. Ich hab keine Vergangenheit. Morgens wache ich auf und sage: Okay, ein neuer Tag, lass ihn uns genießen. Ich habe mal mit einem aus Malaysia auf einem Schiff angeheuert. Der hatte viele merkwürdige Sprüche drauf. Einen hab ich mir gut gemerkt: Jeden Morgen in aller Frühe schenkt uns Allah einen Tag, und es liegt an uns, wie wir ihn nutzen. Das hat mir gut gefallen. Ich pfeife auf das Gestern und das, was war... Die Erinnerungen fressen dich nur auf, wie der Krebs. Lass uns den heutigen Tag nutzen, wir wollen uns nett mit jemandem unterhalten, wir wollen lachen, ein Glas guten Wein trinken, verstehst du. So verbringt man sein Leben richtig. Und deshalb kriege ich ihn immer noch hoch, weil ich mich gut gehalten habe.

Das glaube ich dir, sagte Kančeli.

Das ist nicht wichtig, sagte Stjepan. Ich meine, ob du mir glaubst oder nicht. Wichtig ist, dass ich ihn immer noch hoch kriege.

Das ist richtig.

Und dann hab ich noch diese Magda, aus dem Haus neben der Tankstelle. Sie wird bald sechzig, sieht aber immer noch aus wie ein steiler Zahn. Das Problem ist nur, dass mein Kleiner eigensinnig ist, er kommt nur hoch, wenn es ihm passt. So kriegt er zum Beispiel mitten in der Nacht einen Wutanfall und wird steif, verstehst du, und dann steht er mir so – fünfzehn Minuten, eine halbe Stunde, und in der Zeit muss ich es hinbekommen, dass Magda schnell zu mir kommt und dass wir es erledigen.

Das ist doch in Ordnung, sagte Kančeli und reichte ihm eine Tasse Tee.

Klar ist das in Ordnung. Und wenn sie nicht zu Hause ist, dann kümmere ich mich eben selbst drum. Aber nicht trocken. Ich hab zu Hause immer eine Kassette da, eine normale, nicht so was mit Tieren oder so, die Mädchen in der Videothek wissen, worauf ich stehe… Und du, immer noch so, wie in einer Höhle?

Eigentlich ja, sagte Kančeli.

Stjepan schlürfte seinen Tee und sah sich im Zimmer um.

Recht hast du, sagte er. Wenn man es genauer bedenkt, haben wir das meiste von dem, was wir besitzen, gar nicht nötig. Dort auf dem Schiff und in den Baracken hatte ich viel weniger Dinge, als du sie hier hast, und es ging mir gut dabei… Es fehlte mir an nichts … Ich könnte auch heute ohne alles, nur nicht ohne Telefon.

Eine Zeit lang schlürften sie schweigend ihren Tee.

Sex, brach Stjepan die Stille, die Frauen verlassen uns meist wegen schlechtem Sex.

Einige Frauen vielleicht, sagte Kančeli.

Stjepan starrte verträumt die Lichtstrahlen an, die durch die Löchlein zwischen den Rippen der Rollladen ins Zimmer fielen.

Alle Frauen, sagte er. Du kannst auf den Wimpern laufen, aber wenn du nicht ihren G-Punkt triffst, dann bist du unten durch.

Kančeli lachte.

Wie kommst du denn jetzt auf den G-Punkt?

Ich kenn mich mit allen möglichen Dingen aus, sagte Stjepan. Diesen G-Punkt treffe ich aus dem FF. Ich hab einen Scharfschützen da unten. Aber, fuhr er mit trauriger Stimme fort, der Kleine ist, wie ich schon sagte, etwas eigen geworden, er gehorcht nicht mehr, und deswegen müssen wir eine Vereinbarung treffen. Gleichwohl, er unterbrach sich, als wäre er unsicher, ob er das, was er jetzt im Kopf hatte, sagen sollte, vor einigen Tagen habe ich ein Büchlein mit Übungen gefunden. Mit irgendwelchen Ritualen und was weiß ich… Völliger Blödsinn, verstehst du… Aber seitdem ich sie mache, scheint es mir so, als wäre der Kleine irgendwie gehorsamer.

Und Baba irrte durch die Wüste der Stadt wie ein Prophet. Aber er suchte nicht nach Ohren, die ihm zuhören würden, sondern nach seinem Auto, das er vor einigen Tagen hatte stehen lassen. Das war zumindest seine Absicht, als er sich auf den Weg ins Zentrum machte. Aber nun war er nicht mehr sicher, ob das wirklich stimmte.

Was mache ich hier, warum bin ich nicht zu Hause?, denkt er. Scheiße. Manchmal ist alles so fürchterlich kompliziert. Alles wird so, wie du es gerade nicht möchtest. Statt mit Vera zu Hause zu sein oder mit ihr irgendwo am Meer herumzuliegen, laufe ich hier durch diese Müllhalde. Scheiße. Diese Sache mit Vera ist alles andere als harmlos. So ein Mist, es ist wirklich ernst. Aber es ist nicht wegen des Trinkens, warum auch. Ich bin doch nicht einer von denen. Dass ich gelegentlich das ein oder andere Glas zuviel trinke… Nein, das ist überhaupt nicht das Problem … Sie ist mit sich selbst nicht zufrieden, darum geht es. Sie trampeln an der Fakultät auf ihr herum, sie schuftet wie ein Pferd, trägt den ganzen beschissenen Lehrstuhl auf ihrem Rücken, und sie lassen sie nicht vorwärts kommen, darum geht es. Und die wichtigen Typen da, was für Scheißdiebe sind das nur. Lauter aufgeblasene Streber, gemein und gefährlich. Sie würden ihre eigene Mutter wegtreten, um eine Stufe höher zu kommen, kein Wunder, dass sie es auch mit Vera tun. Und ich ziehe mal wieder die Arschkarte. Ich hätte mich aufgegeben, ich würde nicht schreiben, sie wäre mein einziger Zufluchtsort. Was bildet die sich eigentlich ein? Natürlich schreibe ich nicht. Ich kämpfe ums beschissene nackte Überleben. Was würden wir denn essen, wenn ich nicht bei Agramer schuften würde? Mit ihrem Gehalt kannst du nicht mal die Nebenkosten decken. Sagt, ich solle gehen, und sie könne mich nicht mehr sehen. Dann guck mich eben nicht an. Kannst mich mal. Mach deine Augen zu. Niemand muss mich sehen.

Er fand Zuflucht unter der Eisenbahnunterführung und versuchte, sich irgendeinen Plan auszudenken. Nichts. Er kann sich nicht konzentrieren. In seinen Ohren rauscht das Blut. Dann irgendein Zischen. Und andere Geräusche.

Oh Gott.

Er ging weiter. Vielleicht sollte er etwas trinken. Okay, er würde aufpassen. Ein, zwei Bier…, mehr nicht. Um nicht in der Straßenbahn einzuschlafen oder so. Und dann Probleme zu kriegen. Wie vor ein paar Tagen. Er wurde von einem Erdbeben geweckt, er begriff überhaupt nicht, dass ihm jemand an die Schulter gegriffen hatte und heftig schüttelte. Er erwachte aus tiefstem Schlaf und erblickte einen rot angelaufenen Kopf über sich, der irgendetwas daherschwafelte. Scheiße noch mal, er begriff nur Bahnhof. Es waren zu viele Informationen auf einen Schlag. Er starrte einfach auf diesen Kopf. Diese dicken Lippen, die sich bewegten und vergilbte Pferdezähne entblößten. Er dachte: Woher kommt plötzlich dieser Kopf? Wo bin ich eigentlich?

Und Der Kopf quasselte wie ein Wasserfall.

Ha, sagte Baba und blickte dabei um sich.

...das...kein...Hotel, konnte Baba der Rede Des Kopfes entnehmen.

Was für ein Hotel? Eine Straßenbahn, das hier ist definitiv eine Straßenbahn. Was habe ich in der Scheißstraßenbahn zu suchen?

Und dann stieß er Den Kopf von sich, torkelte aus der Straßenbahn und blickte sich dabei panisch um. Er verstand immer noch nichts. Und die Meute in der Straßenbahn starrte ihn mit syphilitischen Blicken an. Sie grinsten. Was zum Teufel guckt ihr? Ihr könnt mich mal. Verpisst euch! Nein, heute würde er klüger sein. Nur ein Bier, vielleicht zwei. Er würde diesen Tölpeln nicht erlauben ihn auszulachen. Diese beschissenen Blödmänner!

Magda spürt die Schwere der schmutzigen Mittagsschwüle nicht. Sie hat gerade gegessen, nichts Deftiges, nur etwas Frisches, gesalzene Gurken und Tomaten, es ist nicht gerade das Wetter für ein Spanferkel oder Krautwickel, das nicht gerade. Und jetzt sitzt sie im Sessel dem Ventilator gegenüber und sieht aus, als fahre sie Rad. Mit zersausten Haaren, blinzelnd, mit zusammengepressten Lippen rast sie unaufhaltsam auf die Nacht zu, und keiner kann ihr was. Magda kann kaum abwarten, dass die Nacht anbricht, aber nicht weil die Nacht irgendeine Abkühlung mit sich bringt. Es wird in diesen Tagen keine Abkühlung geben, es wird weiterhin schwül sein, und die Herzkranken sollen sich sehr in Acht nehmen, so heißt es im Fernsehen. Gott sei Dank ist mit Magdas Herz alles in Ordnung, und sie rast im Sessel der Nacht entgegen, denn der Mensch muss ein Ziel haben, einen Ort, bis zu dem er es schaffen will, und Magda genießt es, wenn sie es bis zum Nachmittag, zum Abend, zur Nacht, zu einem Monat, zu einer Jahreszeit und – so gebe Gott – zu einem Jahr schafft. Manchmal schafft sie es sogar bis zu ihrer Tochter in Samobor, aber sehr selten, eigentlich immer seltener, je mehr Zeit vergeht. Sie schafft es auch bis zu Stjepan, aber nicht mit dieser ungetrübten Freude, bei Gott – auf keinen Fall. Dieser Mann, dieser unmögliche Mann.

Stjepan lernte sie im letzten Sommer kennen. Ihre Friseuse war schuld daran beziehungsweise jene Zeitung im Friseursalon; sie lag ganz oben auf dem Stapel, und Magda begann sie zu lesen, und so geriet sie an diese Anzeige. Eine ganz gewöhnliche, lächerliche Notiz im Anzeigenteil: Rentner, ledig, sucht Gesellschaft für Kaffee, Kino und Spaziergänge, so ungefähr. Treffpunkt jeden Montag um zehn Uhr morgens auf der Terrasse des Cafés am Markt von Utrine. Als Erkennungszeichen würde er einen schwarzen Kater auf dem Arm haben. EINEN SCHWARZEN KATER? Magda dachte, dass das ein Scherz sein müsse, jemand wollte einen Spaß machen oder so was Ähnliches. Menschen tragen keine Katzen als Erkennungszeichen herum. So ein Blödsinn. Und doch hatte diese Anzeige sie tagelang verfolgt, sie hörte nicht auf daran zu denken, und am nächsten Montag um Viertel vor zehn ging sie an der Terrasse des Cafés vorbei. Montags ging sie gewöhnlich gar nicht auf den Markt, das war der schlechteste Tag dafür. Aber es war ja in der Nachbarschaft, warum also nicht? Sie glauben jetzt sicher, er sei nicht da gewesen, dieser Mensch, von wegen, er saß an einem Tisch am Rand der Terrasse, mit diesem Kater auf dem Schoß, einem riesigen, schwarzen Kater. Magda kannte ihn vom Sehen. Er saß oft in Gesellschaft im kleinen Park an der Schule. Sie spielten dort Karten, tranken und erzählten sich irgendetwas, vergeudeten ihre Zeit. Sie hatte keine besonders hohe Meinung von ihnen. Ein Haufen Gammler, dachte sie. Und während sie den Markt betrat, fragte sie sich, warum er Gesellschaft suchte, wo er doch schon Gesellschaft hatte. Und vielleicht war das ja gar nicht der Mann, der die Anzeige aufgegeben hatte, vielleicht saß er zufällig hier. Ja, aber der Kater! Er war es, keine Frage. Er saß noch immer dort, als sie mit einer Tüte voll grünen Salats vom Markt kam, denn sie musste ja etwas kaufen, dachte sie, damit es nicht so aussähe, als wäre sie nur wegen der Anzeige gekommen.

Magda brauchte die Menschen nicht, zumindest nicht die, die sie kannte. Magda hatte viele Bekannte, aber – so dachte sie – das war kein besonders glücklicher Umstand. Ihre Treffen waren nicht besonders aufregend, es gab keine Überraschungen, und das Beste, was passieren konnte, war, dass sie sie in Ruhe ließen, dass sie sie weder anriefen noch besuchten. Sie redeten sowieso nur dummes Zeug. Zu behaupten, dass man in ihrem Alter keine neuen Freunde mehr finden, sondern nur alte verlieren könne – war das nicht Blödsinn? Und sie wiederholten es wie ein Gebet, und sie glaubten fest daran, alle aus ihrer alten Clique, und sie klebten aneinander; nur der Tod brachte hin und wieder etwas Dynamik in das Ganze. Und deshalb blieb Magda lieber für sich. Für sie war es aufregender zu beobachten, wie sich am frühen Abend die Farbe des Himmels im Westen veränderte oder wie in den Baumwipfeln die Bilder der Neonreklame vom Markt schimmerten, als mit einer alten Freundin zusammenzusitzen und die alten Geschichten durchzukauen – viel aufregender. Gleichzeitig sehnte sie sich nach einer neuen Bekanntschaft. Sie wünschte sich jemanden, bei dem sie sich über ein Wiedersehen freuen würde, versteht ihr, einen Menschen, mit dem sogar ein Marktbesuch zum Abenteuer werden könnte. Mit solchen Menschen vergeht die Zeit wie im Flug, die Stunden des Tages werden kürzer, und die Nächte bringen gute Träume mit sich. Magda und diese Person würden sich gegenseitig bei einem Kaffee oder etwas Ähnlichem entdecken, und mit der Zeit würden sie die intimsten Details miteinander teilen können, all jene Dinge, die wir ansonsten nur aussprechen, wenn wir im Traum reden. Und deshalb ging sie zu Stjepans Tisch an jenem Morgen, die Tüte mit dem Salat fest umklammert und sagte: Guten Morgen, ist bei Ihnen noch ein Platz frei?

Jesus, wie unvorsichtig sie gewesen war, wie ein Teenager. Ein solcher Mann, dazu noch mit einem schwarzen Kater auf dem Schoß, das ließ eigentlich nichts Gutes erahnen. Und sie hatte sich ihm beinahe an den Hals geworfen: Ist bei Ihnen noch ein Platz frei. Jesus. Als wäre sie nicht gut darauf trainiert, jedem und allem gegenüber zurückhaltend zu sein, vor allem den eigenen Gefühlen gegenüber. Zuerst die Eltern und dann auch der Ehemann – er ruhe in Frieden –, Magdas Ohren waren voll von Geschichten über Zurückhaltung, dieser höchsten aller Tugenden. Und das Schlimmste war, dass sie sich daran gehalten hatte, eine folgsame Frau eben. Sie trat beiseite, während das Leben an ihr vorbeisauste, mit all seinem Trubel. Sie war wie jene alten Inselfrauen, die nie im Meer badeten. Und das jahrein, jahraus. Aber dann kam ein Taifun, hob sie empor und warf sie über dem tiefsten Ozean ab. Stjepan. Am Anfang lief alles ganz fein ab. Stjepan war interessant mit seinen Geschichten über die Seefahrt und über ferne Häfen, ganz anständig und so, aber dann schob er eines Abends ihren Rock hoch und tauchte sein Gesicht dort hinein, wohin ein menschlicher Blick bisher noch nie vorgedrungen war, versteht ihr, und Magda war so geschockt, dass sie alle Lektionen über die Zurückhaltung vergaß, und sie begab sich mit Stjepan auf den Boden des tiefsten Ozeans und – oh Gott – noch Monate später konnte sie nicht sagen, welches Gefühl überwogen hatte: das Gefühl der Schuld oder das der Zufriedenheit.

Und Magda fürchtete sich nun nicht mehr vor ihren Gefühlen. Zumindest nicht mehr so panisch wie früher. Das erste Mal ist es am Schwersten, nicht wahr. Nur dass es ihr auf die Nerven geht, dass Stjepan sie genauso behandelt wie diese Mädchen aus den Filmen, diese Call-Girls. Und jetzt, am Ende eines weiteren Tages, während der Ventilator sein Liedchen summt und die Sonne hinter dem neunstöckigen Hochhaus am Markt herabstürzt, fragt sich Magda, ob Stjepan sie heute Abend anrufen wird. Und was wird sie ihm sagen, wenn er anruft? Klar, sie kann Nein sagen, ich werde nicht kommen, such dir eine andere Verrückte. Aber ist es nicht doch ein bisschen langweilig, das ganze Leben nur Nein zu sagen?

ÜBER ULTRAMARINFARBENES PIERCING, UND DARÜBER, WAS DAS MÜCKENGIFT GETÖTET HAT

Robi musste Suzi jemandem zeigen. Sich wichtig machen. Wie sagt man so schön – es macht keinen Spaß zu ficken, wenn keiner weiß, dass du fickst. Okay, Robi hatte Suzi noch gar nicht gefickt, aber macht ja nichts. Er musste sie jemandem zeigen.

Am Anfang hoffte er gar nicht auf Gott-weiß-was. Er traute sich nicht, sich irgendwas Ernstes zu erhoffen. Nicht einmal vor ein paar Tagen, als sie ihn zu sich nach Hause einlud. Er dachte, sie sei nur freundlich zu ihm, weil er sie vor dem Typen gerettet hatte. Aber jetzt, als sie schon zum dritten Mal in seine Buchhandlung kam, Jesus, ein solches Mädchen, eine Schauspielerin, dazu noch klug und so weiter, jetzt begriff er endlich, dass er im Spiel war. Und er brannte darauf, sie jemandem zu zeigen. Seinen Freunden. Robi hatte eigentlich nicht viele Freunde. Und die Menschen, die er für seine Freunde hielt, waren nicht in der Stadt. Alle waren irgendwo am Meer, wild verstreut. Auch er wird in ein paar Tagen die Buchhandlung schließen und zur Insel Krk aufbrechen. Er und Suzi, Jesus, was das für ein Bild sein wird. Er sah die Szene schon vor sich, er und Suzi in der Dämmerung, sie trinken einen Cocktail auf der Terrasse der Villa seiner Eltern in Baška… hier wurde die Szene unterbrochen. Seine Mutter schoss ihm durch den Kopf. Was wird sie dazu sagen? Sie wird es sicher nicht gut finden, wenn er Suzi mitbringt. Dieser Gedanke zog Robi herunter. Suzi ist – sagen wir mal – zu offen für Mamas Geschmack, dachte er, zu geradeaus. Seine Mutter erwartete, dass er eine feste Freundin fand, dabei hatte sie weniger eine bestimmte Person im Sinn, sondern eher eine gute Partie. Schauspielerin, interessant, wird seine Mutter sagen. Und was machen Ihre Eltern?, wird sie sofort danach fragen. Womit beschäftigen sie sich? In welchem Stadtteil von Zagreb haben sie ihr Haus? Erschrocken wischte Robi diese Bilder aus seinem Kopf. Und während er mit Suzi die Buchhandlung verließ, blitzte es in ihm auf: Kančeli! Er würde sie Kančeli vorführen. Der war in Zagreb. Er würde sich jetzt sofort ins Auto setzen und zu Kančeli fahren.

Kančeli freute sich, als er sie kommen sah. Als er das Klopfen an der Tür hörte, hatte er Stjepan erwartet und eine weitere Diskussion über G-Punkte, aber er erblickte eine hübsche Schwarzhaarige, sechs vom Kondenswasser feuchte Halbliter-Bierdosen und Robi. Nicht schlecht, wenn man alles gegeneinander aufrechnet.

Irgendwas läuft völlig schief, dachte er, während er sie in die Wohnung ließ, wenn ein derartiges Mädchen mit Robi unterwegs ist. Und der strahlte. Ein echt abgefuckter Komet. Er betrat die Wohnung wie ein Pfau, tonnenweise leuchtendes Glück im Schlepptau.

Bist du seine Cousine?, fragte Kančeli die Schwarzhaarige. Aber sie spazierte mit ihrem Katzenschritt zum Fenster und begann, über die Hanfblätter zu streicheln.

Ist das nicht illegal?, fragte sie und blickte ihn dabei vielsagend an.

Alles, was Spaß macht, ist entweder illegal oder ungesund, sagte er.

Oder beides.

Genau. Ich sehe schon, dass wir schnell Freunde werden können.

Robi tat so, als beachte er sie gar nicht. Er setzte sich auf den Zweisitzer und machte ein Bier auf.

Wie du siehst, Kančeli zeigte auf Robi, gibt es hier keinen Strom oder anderes lästiges Zeug, so dass man hier sofort zum Wesentlichen übergeht, das heißt zum Bier.

Was für lästiges Zeug?, fragte sie.

Fernseher, Stereoanlage und so'n Zeug, sagte er. Das tötet das Vergnügen.

Wir sind nicht zum Vergnügen hier, sagte sie.

Nein? Warum seid ihr dann gekommen?

Keine Ahnung, sie zuckte mit den Schultern. Einfach so, ohne Grund.

Richtig so. Willst du meine Sommerernte probieren?

Sie nickte schweigend, und Kančeli brachte ein Tablett voller getrockneter Hanfblätter vom Balkon.

Das katapultiert dich ins Herz der Milchstraße, sagte er und stopfte die große Tonpfeife.

Und ist es nicht öde, so ohne Fernsehen?

Nein.

Es fehlt dir nichts, Filme, Sport…

Nein.

Wirklich gar nichts?

Vielleicht Snooker auf Eurosport.

Snooker?

Ja. Hab ich mir gerne angeguckt. Das hat mich beruhigt.

In welcher Richtung liegt Marokko?

Marokko?

Ja.

Da irgendwo, denke ich. Was willst du mit Marokko?

Ich würde gern da hinfahren, um die Trommler zu hören.

Trommler?

Trommler, Musiker. Hast du nie von den Jajouka-Musikern gehört?

Kann mich nicht erinnern, je davon gehört zu haben.

Du kannst dich nicht erinnern, je davon gehört zu haben?

Ich hab alles Mögliche vergessen.

Ich kapier das nicht.

Trinkerei, Blackout und so weiter.

Ach so, mir fehlt auch schon mal eine Stunde.

Und ich erinnere mich traurig an die Jahre, die mir fehlen.

Ist doch in Ordnung.

Später fahren wir nach Marokko.

Gut.

Deine Musiker finden.

Sie waren schon bei der dritten Pfeife, als Čombe ins Zimmer sprang. Suzi und Robi saßen auf dem Zweisitzer aus Rattan, und Kančeli saß auf dem Boden, mit dem Rücken an den Zweisitzer gelehnt und zog an der Pfeife. Sie waren zugekifft bis in die Haarspitzen.

Komm, mein Freund, rief Kančeli den Kater zu sich. Aber dieser spazierte nur über ihn hinweg und nestelte sich in Suzis Schoß ein.

Suzi streichelte den Kater verträumt und beobachtete, wie ein Flugzeug, das Mückengift versprühte, über dem Markt abdrehte.

Ich hab eine engelsgleiche Muschi, sagte sie plötzlich, ohne sich an jemanden Bestimmten zu wenden.

Echt, sagte Robi, und wie ist denn diese Muschi, diese engelsgleiche.

Oh, sie verwandelt Menschen in Engel, sagte Suzi.

Hörst du das, Kančeli?, sagte Robi.

Aber Kančeli hört gar nichts, er sitzt auf dem Boden, versunken in einer Rauchwolke, und lächelt.

Schau mal, sagte Suzi. Sie schob Čombe ein wenig zur Seite und zog ihr T-Shirt ein wenig hoch. Robi sah das Piercing an ihrem Nabel, ein winziges ultramarinfarbenes Kügelchen.

Siehst du das, Kančeli, sagte Robi.

Aber Kančeli sieht gar nichts. Er sitzt in seiner Rauchwolke und zieht an der Pfeife.

Wenn du erst meinen Tanga sehen würdest, sagte Suzi.

Und Robi sagte nichts, griff nur nach der Pfeife, und Kančeli gab sie ihm widerstandslos. Auf seinem Gesicht lag der Ausdruck eines chinesischen Hamsters, der gerade einen Orgasmus hatte. Suzi fischte nach der Bierdose, die auf dem niedrigen Rattan-Tischchen stand, und dann lehnte sie sich in den Zweisitzer zurück. Čombe beschwerte sich nicht, weil Suzi mit ihrer anderen Hand auch weiter über seinen Körper streichelte. Dann rümpfte sie die Nase. Sie roch den starken Geruch des Mückengiftes. Das verdarb ihr ein wenig die Laune.

Warum sind wir eigentlich hierher gekommen?, fragte sie sich. Damit er mich seinem Kumpel zeigt? Dass sie mich gemeinsam untersuchen, abtasten und abschätzen, eine Note vergeben oder was?

Ich hab vor ein paar Tagen Baba gesehen, sagte Robi.

Ich weiß, sagte Kančeli.

Woher weißt du das?

Er hat es mir erzählt.

Was hat er dir erzählt.

Wer?

Baba.

Ach Baba. Du kennst ihn doch, er erzählt immer irgendwas. Er hat gesagt, dass irgendwer irgendwo gestrandet ist, keine Ahnung wo, und dann sind die Bullen gekommen und…

Dann wurde er still, er saß wie festgezurrt vor dem Zweisitzer.

Ich weiß nicht, ob das von diesem Gras kommt, dachte Suzi, aber ich hab richtig Lust auf eine Nummer. So richtig schweinisch in der Liebe herumsuhlen. Aber wie soll ich, sie blickte dabei auf Robi, der völlig high war, irgendwas mit dem da anfangen? Und der andere Typ, sie schaute Kančeli an, ich weiß nicht … Kančeli, was ist das eigentlich für ein Name? Ein Spaghettifresser-Name?

Zeig uns doch dein Höschen, sagte Kančeli, plötzlich aus seiner Erstarrung auftauchend.

Ja, Robi zeigte mit dem Pfeifenhals auf Suzi, zeig es uns.

Ich will nicht, sagte Suzi, und presste instinktiv die Beine zusammen, und der Kater öffnete die Augen und fragte sich, was hier eigentlich vor sich ging.

Du blöde Kuh, sagte Kančeli. Du glaubst wohl, nur weil du einen Palmers-Tanga anhast…

Skiny, sagte Suzi kalt, ich trage Skiny, Palmers sind für Omas und konservative Politikerinnen.

Ja und was ist falsch an Palatschinken, sagte Kančeli, in diesem Moment vom Marihuana-Flash wer weiß wohin entführt (und in der Zwischenzeit war er außerdem hungrig geworden).

Suzi entspannte sich sofort und lachte. Der Stacheldraht, den sie gerade eben wegen dieses Typen mit dem komischen Namen hochgezogen hatte, verwandelte sich in Seide.

Hier, trink was, sie reichte Kančeli die Dose.

Er lehnte das Bier ab, aber quetschte sich zwischen Suzi und Robi auf den Zweisitzer.

Čombe wurde es zu viel, er rutschte missmutig von Suzis Schoß und spazierte in die Küche.

Lass uns sehen, was hier steht.

Kančeli nahm Suzis Hand und fuhr mit seinem Daumen über deren Innenfläche.

Sie wehrte sich nicht, aber als er begann zu sprechen, erschauderte sie.

Oh, wir haben hier einen Schützen, begann Kančeli, kein Ziel ist zu hoch für dieses Mädchen, sie ist bereit, bis zu den Sternen zu fliegen und noch weiter.

Suzi bekam eine Gänsehaut.

ZUM TEUFEL NOCH MAL, WOHER WEISS ER, DASS ICH SCHÜTZE BIN?

Und ich sehe, setzte Kančeli fort, Hunderte deiner Gesichter... Deine und doch verschiedene, kapierst du? Du verwandelst dich, du veränderst dich gerne... Spuren verwischen... Einmal bist du Schuhverkäuferin, ein anderes Mal Tänzerin in einem Nachtclub, dann wieder... eine Schauspielerin, du bist eine Schauspielerin, und du glaubst, dass du…

Suzi riss panisch ihre Hand aus der von Kančeli.

WAS IST DAS DENN FÜR EIN SCHEISS?

Ins Schwarze getroffen, oder?, fragte Kančeli.

Suzi starrte ihn ungläubig an, ja, er hatte ins Schwarze getroffen, der Idiot. Suzi träumte oft von einer Rolle, einer Nebenrolle, nichts Besonderes, in einem (nicht unbedingt) amerikanischen Film. Na und, wenn ein Mädchen, das bis gestern Zeitungen auf den Zagreber Kreuzungen verkauft hat, heute das gefragteste Fotomodel der Welt ist, warum kann nicht sie, Suzi, eine Studentin im zweiten Jahr Schauspielstudium, morgen eine kleine Rolle in einem amerikanischen Film bekommen? Suzi begann jeden Tag mit ein und demselben Gebet: Fünf Minuten, ich brauche nur fünf Minuten und einige gute Szenen, und die Tore des Himmels werden sich vor mir öffnen. Sie hätte nichts dagegen, wenn Brad Pitt in einer ihrer Szenen vorkommen würde, so dass da jemand wäre, mit dem sie ihre Magie und Chemie austauschen könnte. (Brad Pitt, während er den Oscar für die beste männliche Hauptrolle bekommt: „Es wäre undankbar, wenn ich hier nicht die brillante Suzi erwähnen würde, die mit ihrer wunderbaren schauspielerischen Leistung und Energie das ganze Team inspiriert hat, vor allem mich. Ihre kleine Nebenrolle in diesem Film strahlt mit der Intensität einer Atombombe, und um ehrlich zu sein, sie gibt dem ganzen Film seinen Ton. Danke Suzi, wo auch immer du bist, ich liebe dich, ich liebe dich.“ Die Kamera zoomt auf Jennifer Aniston im Publikum, sie grinst dämlich.) Fünf Minuten, wiederholte Suzi ihr Mantra, nur lächerliche fünf Minuten, und ihr werdet das bekommen, was Marilyn hätte werden können, wäre sie nur klüger gewesen und hätte sie mit normalen Menschen rumgebumst und nicht mit einem Präsidenten.

Auch Kančeli hatte seine Wünsche, aber die waren vom Alter und der Erfahrung überwuchert, welche ihm sagte, dass das Schicksal die Menschen gelegentlich ganz schön verarscht und dass es sich mit den Wünschen ungefähr so verhält: Je bescheidener sie sind, desto kleiner ist die Enttäuschung. Deshalb waren seine Wünsche bar jeden Glamours und unprätentiös, sie waren auf die unmittelbare Zukunft gerichtet, jene, die man in Minuten misst, allerhöchstens in Stunden. Momentan wünschte er sich nur, Suzi zu vögeln. Und er glaubte zu wissen, wie er das erreichen könnte.

Wie konntest du das wissen?, fragte Suzi ihn, als sie sich ein wenig gefangen hatte.

Was?

Dass ich Schütze bin?

Wusste ich nicht, sagte Kančeli, ich hab einfach losgelegt.

Ohne Scheiß?, fragte sie.

Er nickte und zündete sich mit seinem konzertmäßig gelaunten Feuerzeug eine Zigarette an.

Cool, was?

Robi, sagte Suzi, ohne zu registrieren, dass das Feuerzeug in ihrer Nähe »Für Elise« spielte, er hat dir sicher gesagt, dass ich Schauspiel studiere.

Robi hat gar nichts gesagt, sagte Robi gedehnt und zog an der Pfeife. Robi ist keine Petze.

Willst du, dass ich in deine Zukunft schaue?, fragte Kančeli.

Keine Chance, sagte Suzi und schüttelte sich.

Du hast Recht, sagte Kančeli, wir wollen nicht weiter darüber reden, denn alles, was du hören wirst, ist nur das Geschwafel eines alten, griesgrämigen, zugegebenermaßen völlig bekifften Dummkopfs.

Suzi braucht eine Auszeit. Was passiert hier eigentlich? Was ist das für ein Typ, dieser Kančeli?

Lass uns Kaffee kochen, schlug sie vor.

Ich hab kein Gas mehr, er zeigte auf den Campingkocher in der Zimmerecke. Wie wäre es, wenn ich mich dir stattdessen ein wenig aufdrängen würde?

Wie du willst, sagte sie.

Ich bin nicht gerade ein Hauptgewinn, begann Kančeli. Ich bin alt und abgefuckt… Meine Wohnung ist die Hölle, wie du siehst, und ich hab auch eine Hölle im Kopf… Ich hab keine Ambitionen, keinen festen Job, keine Kohle und auch kein großes Erbe in Aussicht. Ich habe also nichts, woran sich ein Mensch anständig festhalten kann. Und das ist der Haken.

Ja, das ist der Haken, echote Robi.

Frauen in deinem Alter, fuhr Kančeli fort, gefällt bei Männern meist das, was sie später verachten werden… Ja was sie dann aus tiefstem Herzen verabscheuen … Und bei mir wimmelt es nur so davon… Ich lebe von heute auf morgen, ich hab keine Pläne, keine Reservezukunft, ich halte mit meinen Gefühlen nicht hinterm Berg… Du weißt schon, ich bin all das, was deine Alten nicht sind. Und da liegt meine Chance… in der Tatsache, dass du so jung bist und wir sicher nicht heiraten werden.

Was quatschst du da?, fragte Suzi.

Was ist mit diesem Engelstanga?, fragte Robi und rutschte vom Zweisitzer auf den Boden.

Alles, was ich bisher gesagt habe – Kančeli wurde von einem weiteren Flash erschüttert –, meine Lebensumstände inbegriffen, genauso wie die Plakate mit deinem Gesicht vor dem Kino Zagreb, und dann noch die Tatsache, dass das da ein echter Lapislazuli ist – er zeigte mit seinem Finger auf Suzis Nabelpiercing –, all das heißt natürlich nicht, dass du mich nicht flachlegen kannst.

So ist es, sagte Robi.

Ich weiß, dass dich das beschäftigt, glaub ja nicht, dass ich es nicht weiß.

Dass ich heute Abend beim Licht einer Petroleumlampe lesen werde – achte auf die Poesie – und dass die Nachtfalter sie umflattern und an ihr verbrennen werden, heißt noch immer nicht, dass du jetzt nicht denkst: Scheiße noch mal, warum nicht, wenn ich es nicht jetzt tue, wer weiß, vielleicht werde ich es mein Leben lang bereuen, vielleicht werde ich mein Leben lang denken, dass ich etwas Phantastisches, Geniales und Unübertreffliches verpasst habe. Und da du nicht so eine Gans bist, die es sich erlauben wird, später auch nur eine Sekunde über Typen wie mich nachzudenken, wirst du mich jetzt flachlegen und dieses Dilemma auflösen, oder etwa nicht?

Suzi sagte nichts. Schon wieder erwischte sie der Missmut. Dieses selbst gezüchtete Gras macht einen definitiv depri. Es nagelt dich auf den Boden. Er kann mich mal mit seinem Gras, sicher hat er noch nie was von Ecstasy gehört. Er ist ein Dinosaurier, ja, das ist er. Und wieder war ihr Kančeli nicht sympathisch. Auch Robi schien ihr nicht mehr interessant. Sie schnupperte an der Luft und verzog das Gesicht. Es roch immer intensiver nach Mückengift. In der Luft lag weder der Duft nach Gras noch der nach Sex. Das Mückengift tötete alles. Sie saß wie versteinert und wartete darauf, dass Robi aufstand.

Macht nichts, dachte387ančeli, nur ein weiterer dummer Nachmittag, weder der erste noch der letzte in meinem Leben.

Er starrte ins Leere und wartete darauf, dass die beiden gehen würden.

ÜBER DEN VERLORENEN ANKER UND DEN ROTEN REGENSCHIRM

liebe vera

ich glaube nicht, dass das, was du mir geschrieben hast, eine schlechte geschichte ist. ich glaube nur, dass das keine kroatische spezialität ist, was mit dir, baba, kančeli und den anderen passiert. die menschen überall auf der welt stecken in den gleichen schwierigkeiten. im großen und ganzen läuft alles darauf hinaus, dass wir länger (und besser) zu leben versuchen als die anderen. ich habe auch meine probleme. das einzig gute ist, dass ihr alle, die ich da unten kenne, aus meiner perspektive gesehen, nicht älter geworden seid. kapierst du? wenn ich über die zagreber jahre (über unsere jugend, du lieber himmel!!!) nachdenke, dann lege ich the clash auf, hole mir ein bier und sehe uns alle dort vor dem kvazar – hol mich der teufel, wenn es eine bessere droge auf der welt gibt. nein, ich trauere dieser tollen jugend nicht nach, aber scheiße noch mal, ich erinnere mich gern an sie. wenn du jung bist, dann hältst du dich fest oder du fällst oder du kriechst einfach weiter, und das ist die ganze geschichte. wie dumm waren wir, als wir geglaubt haben, dass wir uns mit den jahren eine ordnung geben, eine feste stütze finden könnten, anker werfen würden. scheiße. nun scheint es so, dass es keine festen stützen im leben gibt, dass so etwas überhaupt nicht existiert. oder ich habe sie irgendwo unterwegs verloren, und jetzt schwebe ich nur so in einem schwerelosen zustand dahin, zero gravity, und es gibt nichts, woran ich mich festhalten kann, ich habe null ahnung, wie lange dieser zustand anhalten wird. wahrscheinlich bis ich in die gravitationszone jenes schwarzen loches gerate

STOP

wir werden doch wohl jetzt, wo wir uns wiedergefunden haben, nicht zulassen, dass es zu unserer lebensaufgabe wird, den versäumten gelegenheiten nachzutrauern und den guten alten zeiten nachzuweinen. dass ich nicht lache… welche zeit ist eigentlich nicht gut? jede zeit ist gut, vor allem diese, in der wir atmen, essen, auf der straße herumlaufen. übrigens ist auch bei mir die zeit auf 78 umdrehungen abgelaufen. ich habe nie geheiratet, aber viele jahre lang lebte ich mit einer thailänderin zusammen (hoch lebe multikulti!), aber dann hat sie begriffen, dass es auch bessere optionen gibt. zum glück waren da keine kinder, wir hatten nur zwei hunde, und beide sind am ende bei mir geblieben. jetzt habe ich den status eines nicht mehr begehrenswerten, ledigen mannes mit zwei alten hunden, aber auch das bedaure ich nicht wirklich. und du und baba, habt ihr kinder? eine dumme frage. mit kindern oder ohne, trennungen sind doof und beschissen… wie ein kater nach einem rausch. nur dass der kater nicht so lange anhält. mein ratschlag: wenn ihr haustiere habt, dann schustere sie ihm zu.

es gefällt mir, was kančeli getan hat. ich meine nicht das mit sauferei, familie und arbeit, sondern dass er wie ein eremit lebt. das ist eine der besseren möglichkeiten, den rest des lebens zu verbringen. mal ehrlich, wozu brauchen wir all diese dinge, die wir hartnäckig anhäufen? die bücher, die wir nicht lesen, die cds, die wir nicht hören, die berge an tellern, von denen wir nicht essen… wie auch immer er ist, kančeli ist sicher nicht verrückt, und er hat mumm. er hatte ihn schon immer. erinnere dich nur daran, wie er mit den bullen gesprochen hat, wenn die auf einer party oder in einer kneipe aufliefen. wie mit kellnern. ich erinnere mich daran, wie wir einmal in einem café waren, und dann kamen plötzlich schutzgelderpresser rein, drei riesige montenegriner, sie vertrieben uns von der theke. und wir haben uns alle verdrückt. nur kančeli ist stehen geblieben. und als sie ihn fragten, worauf zum teufel er warte, sagte er zu ihnen: jungs, ihr habt ein problem. was für ein problem, fragte einer. dass ihr stärker seid als ich, aber ich trotzdem keine angst vor euch habe. und die haben ihn doch tatsächlich in ruhe gelassen, er hat einfach weiter sein bier getrunken.

übrigens ist der kaffee in der dose ferne vergangenheit. hier ist später nachmittag. es fällt ein langweiliger regen. auf der straße sehe ich einen roten regenschirm. ich frage mich gerade, was sich wohl unter ihm verbirgt. jetzt werde ich the clash auflegen, bier trinken und tanzen. halt die ohren steif.

tom

Während sie die E-Mail las, bekam Vera eine Gänsehaut. Sie stellte sich Tom vor, wie er mit einem Bier in der Hand in seinem Zimmer herumtanzt, allein, dort am anderen Ende des verhedderten Netzes, durch das diese Botschaften reisten. Und aus dem Lautsprecher donnert »The Cool Out«. Sie stellte ihn sich vor als einen Mittzwanziger. Sie konnte ihn sich nicht als einen Mittvierziger vorstellen. In ihrem Fotoalbum fand sie ein Bild, auf dem sie und

Tom sich auf einer Party umarmten und lachten. In Toms Hand ein Joint, man sieht noch eine Tischkante und den Hals einer Flasche, wahrscheinlich ein Bier. Komisch. Die Menschen, die nicht da sind, akzeptieren wir so, wie wir sie auf alten Fotos sehen. Aber nicht uns selbst.

Was habe ich mit dieser Person zu tun?, fragte sich Vera und betrachtete sich selbst auf dem Foto.

Dann nahm sie ein Bier aus dem Kühlschrank und legte The Clash in den Player. Aus den Lautsprechern dröhnte »1977«. Mit dem Bier in der Hand stellte sich Vera vor den Spiegel im Flur. Hinter ihr rockten die Gitarren und Strummer brüllte etwas vom Paradies, und Vera stand dort mit dem Bier in der Hand und starrte stumpf in den Spiegel.

Was hat das mit mir zu tun?

ÜBER DIE GEISTER DER FOTOGRAPHIEN UND DAS HERZ EINES DACKELS

In besonderen Momenten, aber wirklich besonderen, können ein Sixpack Bier und eine Schachtel Zigaretten ein Leben grundlegend verändern. Plus Kondome.

Es ist merkwürdig, denkt Elza, wie uns die unbedeutendsten Kleinigkeiten erschüttern und dazu verleiten können, etwas zu tun, woran wir nie zuvor gedacht haben. Wenn es jene beiden nicht gegeben hätte, hätte ich höchstwahrscheinlich bis zum Ende meines Lebens in diesem Blechkäfig geschuftet.

Elza zieht um. Den ganzen Nachmittag über hat sie ihre Sachen gepackt, und nun läuft sie durch die Wohnung und prüft, ob ihr etwas entgangen ist. Ohne ein besonderes Gefühl sah sie sich im Wohnzimmer um, streifte mit ihrem Blick die hellen Vierecke an der Wand, wo noch heute Morgen die Poster von Azra und Springsteen und zehn Fotos hingen. Elza hatte mit dieser Wohnung nichts mehr am Hut. In dem Augenblick, als sie den letzten Gegenstand in eine Kiste legte, hörte diese Wohnung auf ihre zu sein, und sie hörte auf zu ihr zu gehören. Jetzt schaute sie sich etwas genauer diese Vierecke an der Wand an. Kommen sie einem nicht wie Geister jener Fotographien vor, die dort hingen? Dort hing das Foto, das auf der Insel Mljet aufgenommen wurde. Darüber das von der Hochzeitsfeier, und das größere Rechteck da, dort hing das Bild von Elzas Ehemann in Uniform, das zu Beginn des Krieges irgendwo im Una-Tal aufgenommen worden war.

Elzas Mann hatte an den Krieg geglaubt und an das, was man im Fernsehen sagte. Dass der Krieg gerecht sei und solche Dinge. Es kam ihm nicht in den Sinn, dass der Krieg deshalb geführt wurde, damit die neue Clique die alte aus ihren Villen rausschmeißen konnte, aus denen die Clique davor die Juden rausgeschmissen hatte. Elza hatte nicht an den Krieg geglaubt, und sie hatte Angst. Dann kam ihr Mann beim Angriff auf eine Stellung in der Nähe von Petrinja um. Er kam um, und Elza hörte auf Angst zu haben und begann zu leiden. Es erwischten sie Anfälle von Schuldgefühlen und Weinkrämpfe, immer dann, wenn sie – verloren in ihrer Hölle – einem Mann erlaubte, sich ihr zu nähern. Und dann kam die Zeit für Elza, ihr Leiden zu beenden. Sie musste auch andere Schicksalsschläge überstehen. Zuerst die Kündigung in der Bank, dann eine weitere in der Boutique, in der sie schwarz gearbeitet hatte, und dann die Monate ohne Arbeit, dazu dieses ständige Gefühl, ansteckend zu sein. Genau so benahmen sich die Menschen ihr gegenüber, mit dieser idiotischen Übervorsicht, sie mieden sie geradezu. Pass bloß auf, ihr Mann ist im Krieg gefallen! Oder noch schlimmer – das Mitleid. Sie kommt in eine gesellige Runde, und das Gespräch verstummt, und alle sehen sie mit diesem Blick an, als wäre sie zurückgeblieben. Elza konnte den Verlust nicht vergessen, weil die anderen sie ständig daran erinnerten. Elza, das ist doch die, deren Mann… Aber sie verkraftete die

Schläge gut. Ihr zerbrechlicher Körper von ungefähr ein Meter sechzig sagte nichts über ihr Herz. Zumindest nicht den Menschen, die keine Ahnung davon haben, wie das Herz eines Dackels beschaffen ist. Elza hielt sich gut. Sie fand einen neuen Job im Tabakladen in Trnje. Sie arbeitete schon beinahe zwei Jahre dort. Zwei lange Jahre. An ihren Mann dachte sie nun auf eine andere Art, ohne jene dramatischen Farben und stürmischen Gefühle. Es war jetzt ein beruhigendes Bild mit weichen Umrissen, das Bild eines Mannes, den sie einst kannte und der dann fortging, weil er dachte, dass er fortgehen müsse und dass es sich so gehöre.

Und dann hielt gestern vor ihrem Kiosk ein gelber Käfer und diese beiden stiegen aus. Es war das schwarze Haar des Mädchens, das Elzas Aufmerksamkeit auf sich zog. Sie färbt sich die Haare, schoss es Elza durch den Kopf. Das kann doch keine natürliche Farbe sein. Sie kauften sechs Bierdosen und Zigaretten. Dann setzten sie sich wieder ins Auto, aber der Mann kam zurück und kaufte noch eine Zigarettenschachtel und Kondome. Eine Zeit lang dachte Elza darüber nach, warum sie nicht sofort Kondome gekauft hatten. Haben sie sie vergessen, oder war es ihm unangenehm? Egal, dachte Elza. Das ist die übliche Kombination bei jüngeren Paaren. Zigaretten, Kondome und Bier. Wie oft hatten auch sie und Igor… An dieser Stelle schreckte Elza auf, und sie erwischte sich dabei, wie sie mit sich selbst sprach.

Leben die Toten?

Nein.

Und sind die Lebenden tot?

Noch nicht.

Und du, bist du tot oder lebst du?

Ich lebe.

Und woraus schließt du das?

Sie hielt inne, überrascht von der Frage, auf die sie keine Antwort wusste. Und dann sah Elza. Sie sah alles ganz klar. Sie wird die Wohnung verkaufen, sich ins Auto setzen und wegfahren. Sie wird sich einfach ins Auto setzen und verschwinden, egal wohin. Die erste Karte deckte sich auf. An diesem Abend unterhielt sie sich mit dem Besitzer des Kiosks, und weitere Karten deckten sich auf. Einer seiner Freunde sucht eine Wohnung in Novi Zagreb, Zapruđe ist als Viertel okay, die Wohnung ist nicht zu groß... Und was die Arbeit angeht, sie könne es ja in Graz probieren. Sein Vetter ist Hausmeister in einem Pflegeheim, er wird ihr seine Telefonnummer und Adresse geben...

Und nun läuft Elza durch die leere Wohnung, wartet ungeduldig auf den Käufer, und wenn der kein Betrüger ist, keiner, der Übles im Sinn hat, wird sie schon nächste Woche auf der Glasinsel an der Mur sitzen, und dort wird keiner sie mit diesem Das-ist-die-deren-Mann-Blick anschauen.

ÜBER ERSCHEINUNGEN IM PARK UND SCHLECHTES TIMING

Strecken Sie Ihre Arme aus!

Die etwa dreißigjährige Frau mit rauer Stimme, einem Habichtsgesicht und durchdringenden Augen stand vor Kančeli wie eine Schicksalsgöttin. Stimme, Gesicht, Augen, das war die Reihenfolge, mit der sich Kančeli ihrer Anwesenheit bewusst wurde. In diesem Zimmer war der Schall schneller als das Licht. Und dann noch ein Philodendron in einem weiß glasierten Kübel in der Zimmerecke.

Strecken Sie Ihre Arme aus!

Welche Schicksalsgöttin wird Kančeli berühren: Urd, Verdandi oder Skuld?

Schließen Sie Ihre Augen!

Ihre Stimme konnte man leichter mit einem Bierdeckel in einer Bar assoziieren als mit einem Krankenblatt und einem Stempel, auf dem das Schlüsselwort Psychiater lautete. Kančeli schloss seine Augen und erblickte alle drei: Urd windet sich um eine polierte Messingstange, die auf einer Theke befestigt ist, Verdandi lächelt freundlich und gießt ihm Bourbon ein, und Skuld schmiegt sich an ihn, streichelt mit ihrer Hand seinen Oberschenkel und flüstert ihm seine Zukunft ins Ohr.

Ihre Hände zittern.

Natürlich zittern sie, dachte Kančeli, aber das kommt von der Angst.

Er zitterte, weil er in der Vorhalle der Klinik Vrapče nach der Anmeldung gesucht und irrtümlich ein Zimmerchen mit schmutziggrauen Wänden betreten hatte, und dort lag auf einem Bett mit Rädern eine alte Frau mit wächsernem Gesicht. Kančeli hatte nicht begriffen, dass die alte Frau tot war. Sein Gehirn hatte keine Zeit für Details. Es schwamm in einer stahlfarbenen Flüssigkeit und versuchte, einige Koordinaten zu entdecken und die Frage zu beantworten, wo er sich befand, wie er hierher geraten war und ähnliche Fragen allgemeiner Natur. Im Zimmerchen befand sich auch ein Pfleger, er saß am Tisch neben dem Fenster und beschäftigte sich mit einem Formular. Kančelis Gehirn formte die Frage: Ist das hier die Aufnahme? Ja, sagte der Pfleger, ohne den Blick vom Formular zu heben, aber in die Hölle.

Was ist mit all diesen Menschen hier, dachte Kančeli, das ist schon der zweite, der die Hölle erwähnt.

Er zitterte, weil im Park des Krankenhauses seltsame Wesen mit ausgestreckten Armen an ihn herangetreten waren und dabei unverständliche Worte gemurmelt hatten. Was ist mit ihren Augen geschehen, wieso sehen ihre Augen so aus, wer hat ihre Augen entleert? Kančelis Gehirn war in Panik geraten, und seine Arme hatten sich schützend gehoben und die Wesen zur Seite geschoben.

Deshalb zitterte Kančeli.

Und außerdem zitterte er vor Angst, dass zwei riesige Pfleger sich ihn schnappen, festbinden und dann in ein Bett stecken würden. Dass sie ihn dort monatelang festhalten und mit Tabletten vollstopfen würden.

Er sagte es ihr.

Reißen Sie sich zusammen, sagte sie. Wir haben kein Bett zuviel, Sie wissen doch selbst, in welcher Situation unser Gesundheitswesen steckt.

Kančeli atmete auf. Er wusste, in was für einer Situation das Gesundheitswesen war. So schlecht wie dem ging es ihm nicht. Verglichen mit dem Gesundheitswesen bin ich auf dem Damm, dachte er, ermutigt durch die Tatsache, dass es jemanden gab, der in einer schlimmeren Lage war als er selbst.

Bei der Rückkehr von der Klinik machte Kančeli einen Abstecher in die Agramer-Redaktion, aber Baba war nicht dort. Er war auch nicht zu Hause. Er fand ihn auf dem Markt in seiner Stammkneipe.

Mensch` Baba, ich war oben in Vrapče, begann Kančeli munter.

Was du nicht sagst, erwiderte Baba. Und wie sind die Eingeborenen da, sind sie freundlich gesinnt?

Du verstehst nicht, sagte Kančeli, ich war im Krankenhaus, du weißt schon, in der Abteilung für Alkoholismus und so.

Baba zog die Augenbrauen hoch.

Warum?, fragte er.

Wegen einer Entziehungskur, sagte Kančeli.

Wovon?, fragte Baba.

Na hör mal, wovon, sagte Kančeli. Vom Trinken, wovon denn sonst.

Baba musterte Karčeli aufmerksam. Ihm fiel nichts Ungewöhnliches auf. Nichts an Kančeli verriet, dass er in einem abnormalen Zustand war. Dass er sich mit etwas zugedröhnt hatte oder dass ihm eine Madonna erschienen war. Er sah ganz normal aus, nur dass er dummes Zeug zusammenquasselte.

Du bist wohl verrückt geworden, Mann, sagte Baba.

Hör mal zu, Kančeli holte die Kopie seines Krankenblatts aus der Tasche und begann zu lesen. Depressiv, affektiv labil, ohne Anzeichen von Psychosen... Negiert Missbrauch von Tabletten und harten Drogen... Affirmiert Potus... Was ist das Potus?... Gleichwohl vermindert kritisch dem Problemkreis Alkohol gegenüber. Diese Psychiaterin ist ein Pferd.

Wie üblich?, fragte der Kellner und nickte Kančeli zu.

Von wegen, sagte Kančeli, bring mir schwarzen Tee.

Mir noch eins, sagte Baba.

Diese Frau ist echt ein Pferd, fuhr Kančeli fort. Sie stürzte sich auf mich, ich wisse gar nicht, wozu Alkohol in der Lage sei, wenn ich erst einmal in seine Klauen fiele, dass viele dächten, es sei leicht aufzuhören, und dann seien sie unter schlimmsten Qualen gestorben, dass eine Entziehungskur die einzige Lösung sei, einen Monat in ihrer Abteilung, dann Tagesklinik und nebenbei die Anonymen Alkoholiker... der reinste Horror.

Kančeli schnaubte, griff nach einer Zigarette und zündete sie an. Das Feuerzeug leierte unermüdlich sein „Für Elise“ herunter.

Wie kamst du überhaupt auf den Gedanken dahin zu gehen?, fragte Baba.

Kančeli nahm einen tiefen Zug, blies den Rauch aus und beobachtete, wie er sich in der Luft auflöste. Dann sah er Baba direkt in die Augen.

Vor ein paar Tagen habe ich Kaffee aus Majas Tasse getrunken, sagte er. Ich vermute, dass das der Grund ist.

Ich verstehe, sagte Baba. Aber ist es nicht ein bisschen zu spät dafür?

Das ist meine Lebensgeschichte, sagte Kančeli, ich bin immer zu spät dran... Du kannst nicht sagen, dass ich nicht einige Dinge anständig gemacht hätte, aber das Timing ist bei mir immer für'n Arsch. Was soll ich machen?

Wenn wir schon dabei sind, sagte Baba, was ist mit Maja, hörst du was von ihr?

Kančeli starrte in die Glut der Zigarette.

Ich kann ihren Namen nicht mehr mit ihrem Gesicht verbinden, sagte er. Eigentlich kann ich mich gar nicht mehr daran erinnern, wie sie aussieht.

Der Kellner stellte eine Tasse Tee und eine Flasche Bier auf den Tisch.

Bist du krank, fragte er Kančeli.

Kančeli würdigte ihn keines Blickes.

Und was wirst du jetzt machen?, fragte Baba.

Nichts, sagte Kančeli. Ich habe die Tasse weggeworfen.

Ich dachte an diese Sache mit dem Krankenhaus. Willst du einen Entzug machen?

Von wegen, keine Chance, schüttelte sich Kančeli. Die Leute da stecken alle in der Scheiße... ich stecke zwar auch in der Scheiße, aber diese zwei Scheißhaufen sind nicht ein und dasselbe. Du hättest bloß ihre Augen sehen sollen! Ich habe nie im Leben solch grässlich weiße, sauber polierte Augen gesehen. Woher kommt das nur?

Wahrscheinlich von den Säftchen, sagte Baba.

Nein, jetzt im Ernst. Sie hocken da und schnippeln bunte Kartons aus, basteln zusammen Collagen, wie im Kindergarten.

Du willst doch wohl nicht WIRKLICH mit dem Trinken aufhören, empörte sich Baba.

Du wirst schon sehen, sagte Kančeli, jetzt kommt der zweite Teil meines Anti-Bestsellers: Kančeli in der Zauberwelt der alkoholfreien Getränke.

ÜBER SUMATRA-ZIGARILLOS, MIT WASSER VERDÜNNTEN WEIN UND EINEN STROHHUT

Dieses Schlafzimmer ist ein Paradies für Voyeure. Nacktes Parkett, kahle Wände, ein schmaler, weißer Schrank bis zur Decke, das Bett naturholzfarben und ein Nachtschränkchen mit einer Lampe darauf – es gibt hier nichts, was Stjepans Aufmerksamkeit von Magda, die sich gerade anzieht, ablenken würde.

Ich muss verrückt sein, dass ich hier mitmache, sagte Magda und drehte Stjepan den Rücken zu.

Er saß auf dem Bett und beobachtete sie, ohne seine Zufriedenheit zu verbergen.

Warum solltest du verrückt sein?

Weil ich das tue, was wir tun…

Was meinst du genau?

Magda hob das Kissen an und holte ihren BH hervor.

Den Sex, sagte sie.

Stjepan lachte.

Was hast du gegen Sex, Sex ist doch gut.

Ich bin trotzdem verrückt geworden.

Verrückt werden die, die nicht vögeln.

Es geht nicht nur darum.

Magda zog ihr Kleid an, drehte sich um und blickte Stjepan an.

In der Zeitungsanzeige stand, dass du Gesellschaft fürs Kino, zum Kaffeetrinken und so weiter suchst, sagte sie.

Was willst du damit sagen?

Du siehst doch, wohin sich das entwickelt hat.

Ist doch gut, sagte er.

Muss ich mich wirklich immer ganz ausziehen?

Ja, mein Gott.

In meinem Alter…

Was in deinem Alter?

Siehst du, wie ich aussehe?

Du siehst phantastisch aus, als wärst du vierzig.

Wenn du wenigstens diese verfluchte Lampe ausmachen würdest.

Wir sind doch keine Kinder mehr, Magda, wir haben das doch alles schon hinter uns gebracht.

Magda schwieg.

Ich habe in meinem Leben schon viele Muschis und Möpse gesehen, sagte Stjepan, und vermutlich ist mein Kleiner auch nicht der erste, den du gesehen hast…

Ach, hör bitte auf!, sagte sie irritiert.

Stjepan erhob die Arme.

Schon gut, schon gut.

Mein seliger Mann mochte es nicht bei Licht, sagte Magda. Deshalb ist er auch selig, dachte Stjepan.

Wir wollen jetzt nicht darüber sprechen, sagte er. Lass uns nettere Themen finden.

Er stand auf, zog seine Boxer-Shorts und sein ausgewaschenes Seemanns-T-Shirt an und ging in die Küche.

Ein Glas Wein?

Magda betrat nach ihm die Küche.

Du nimmst alles auf die leichte Schulter, sagte sie, du kümmerst dich um gar nichts.

Ich hab keine Zeit für so'n Quatsch, Magda, sagte er. Ich mag das Leben zu sehr, als dass ich es vergeuden möchte, indem ich mir um allerlei Unsinn Sorgen mache.

Magda winkte ab.

Gibt es irgendetwas, das du ernst nimmst?

Oh doch, da gibt es einiges.

Zum Beispiel?

Stjepan dachte nach.

All diese Dinge, die einem helfen, sich gut zu fühlen.

Das ist keine Antwort.

Stjepan zuckte mit den Schultern.

Er ist zu stark, sagte Magda, nachdem sie einen Schluck Wein getrunken hatte. Bitte verdünn ihn mir mit Wasser.

Das wäre schade, sagte Stjepan. Diesen Wein sollte man nicht verdünnen.

Er hielt das Glas gegen die Lampe und sah, wie sich das Licht in der rubinfarbenen Flüssigkeit brach. Dann zündete er einen Zigarillo aus Sumatra-Tabak an.

Mmh, sagte er, nachdem er eine Rauchwolke ausgeblasen hatte. Was gibt es Schöneres als ein wenig Sex, ein Glas Wein und eine gute Zigarre? Das ist zum Beispiel kein Quatsch.

Du denkst nur daran, sagte Magda. Ich will ihn trotzdem verdünnt.

Er stand auf, nahm ihr Glas und goss ein wenig Wasser hinein.

Wollen wir morgen in den Maksimir-Park gehen?, fragte er.

Sie blickte überrascht zu ihm auf. Er hatte sie schon lange nicht mehr gefragt, ob sie zusammen irgendwohin gehen sollten.

Was sollen wir dort?

Einfach so, nichts Besonderes. Wir gehen ein wenig spazieren, Kaffee trinken auf der Aussichtsplattform oder im Schweizer Haus … Uns gut fühlen.

Ich weiß nicht, sagte sie.

Wir können auch eine Decke mitnehmen und irgendwo in der Nähe vom See im Schatten liegen, fuhr er fort.

Čombe kam in die Küche spaziert.

Hallo Čombe, sagte Magda.

Čombe miaute.

Siehst du, ihn hast du auch gezähmt, sagte Stjepan und ging in den Flur.

Er kam mit einer Leinenmütze auf dem Kopf zurück.

Ich habe sie gestern gekauft, sagte er. Sie ist gut, siehst du dieses Netz für die Luft, damit das Gehirn bei der Hitze nicht anfängt zu kochen.

Magda fragte sich, was in Stjepan gefahren war. Sie war sicher, dass es nicht vom Trinken kam. Er stand da, mit dieser Mütze auf dem Kopf, in seiner Unterhose und dem ausgeleierten, gestreiften T-Shirt, mit einer dünnen Zigarre im Mund, in einer Rauchwolke – und er lächelte.

Ich werde sie morgen tragen, sagte Stjepan, und du kannst deinen Strohhut nehmen. Er steht dir wirklich gut.

ÜBER ASCHE, EIN NAIVES RABENMÄDCHEN UND GYN-ART

Hallo Künstler!

Über Veras Lippen blies der Eishauch einer winterlichen Bora und vereiste Robis Augen.

Eigentlich war Vera auf dem Weg ins Kino. Sie hatte eine Karte für die Vorstellung um neun, und sie hatte nicht das geringste Verlangen nach sozialen Kontakten, aber dann erblickte sie Robi, während sie durch die Geschäfte des Kaptol-Zentrums bummelte, und zwar im Café an der Galerie. Eigentlich zog das Mädchen mit den rabenschwarzen Haaren zuerst ihre Aufmerksamkeit auf sich, aber dann bemerkte sie mit Unbehagen, dass dieses sehr, sehr junge Ding mit den irre schwarzen Haaren und den lachenden Augen zusammen mit Robi dasaß. Eine solche Gelegenheit wollte sich Vera nicht entgehen lassen.

Hi Vera, sagte Robi. Was führt dich so weit heraus aus deinem Revier? Gehst du ins Kino?

Seine Stimme war kalt wegen der Bora.

Ich gehe nicht ins Kino, danke der Nachfrage, sagte Vera. Ist da frei, sie zeigte auf ein Designer-Sesselchen, das wahrscheinlich von einer italienischen Hand entworfen worden war, oder seid ihr beide gerade in einem wichtigen Geschäftsgespräch?

Die Bora hatte auch Robis Reflexe auf Eis gelegt. Er suchte nach einem Satz, mit dem er Vera hätte ausschalten können, aber er war zu langsam.

Nein, nein, setzen Sie sich nur, sagte das Rabenmädchen.

Danke, Vera verbeugte sich anmutig. Kaffee mit kalter Milch und ein Mineralwasser, sagte sie zum Kellner, der erschienen war, bevor sie es geschafft hatte, es sich in dem Sesselchen bequem zu machen. Und dann sagte sie zum Rabenmädchen: Ich wette, dass das hier eines der Cafés ist, in dem die Aschenbecher gewechselt werden, sobald auch nur eine Asche abgeschnippt wurde. Kann man das sagen, eine Asche?, sie streifte Robi mit einem Blick und wandte sich dann wieder dem Mädchen zu: Robi ist ein Dichter, wann immer du Fragen bezüglich sprachlicher Feinheiten oder Probleme hast – halte dich an ihn.

Ein Dichter?, die junge Rabenfrau hob die Augenbrauen.

Wusstest du das nicht, wunderte sich Vera gekünstelt. Die Buchhandlung ist doch nur eine Tarnung für seine vielfältigen Talente, nicht wahr, Robi?

Robi wurde ganz klein in seinem Sesselchen. Das war nicht seine Nacht, er wusste es seit dem Moment, in dem er Vera auf seinen Tisch zukommen sah, und jetzt war er hundertprozentig sicher, denn so wie die Dinge jetzt lagen, würden die beiden das Gespräch führen und ihm die Rolle des Publikums zuteilen.

Vera, Suzi – Suzi, Vera, sagte Robi und versuchte so, die Initiative zurückzugewinnen, zumindest ein Körnchen davon.

Hat er schon was veröffentlicht? Suzi wandte sich nicht an Robi, sie fragte Vera.

Na klar, natürlich, sagte Vera. Er hat sogar schon einige Gedichtbände herausgebracht, die seine Mama begeisterten. Aber nicht nur seine Mama. Es gibt noch mindestens zwei, drei Menschen, die glauben, dass das Poesie sei.

Er hat mir nichts davon erzählt, sagte Suzi.

Und Vera fragte sich, ob die Rabenfrau dumm sei oder total naiv und deshalb unfähig, ihren Sarkasmus zu durchschauen.

Oh, Robi ist bescheiden, sagte Vera. Neben seinem Dasein als Dichter beschäftigt er sich auch mit zeitgenössischer bildender Kunst, sozusagen ein Erbe von Joseph Beuys… Hast du nicht in der Buchhandlung seine Installation gesehen?

Robi erhob sich vom Sesselchen.

Setz dich, geh doch nicht gleich wieder, wie sollen wir ohne dich dieses Symposium über dich abhalten, sagte Vera.

Und Robi ließ sich wieder in das Sesselchen fallen. Und Suzis Blick flatterte im Raum zwischen Vera und Robi hin und her. Was für eine Installation?, sagte sie und schaute Vera an.

Dieses Spülkastenrohr, das Riesenmesser und das Toilettenpapier, dieser ganze Kram an der Wand, sagte Vera, das ist Robis Installation. Ganz zu schweigen von Fotografie und Film, zwei von Robis weiteren Vorlieben, über die zwar seine Mama, aber auf keinen Fall die breite Öffentlichkeit Bescheid weiß.

Suzi blickte schräg zu Robi, und dieser neugierige Blick verriet Vera, dass das Mädchen begann zu begreifen. Robi zwang sich ein ironisches Lächeln ab, aber das half ihm auch nicht weiter.

Er hat dir keine künstlerische Zusammenarbeit in den Bereichen Fotografie, Film und Ähnlichem angeboten?, Vera betonte die Worte »künstlerische« und »Zusammenarbeit« auffällig.

Suzi verneinte kopfschüttelnd und wartete ungeduldig auf eine

Fortsetzung.

Logisch, du bist noch in der Anfangsphase, sagte Vera. Wie lange kennt ihr euch denn schon, fünf, sechs Tage, oder?

Suzi nickte.

Na klar, sagte Vera, zuerst ist er einfach ein Freund, dann bezirzt er dich mit Poesie, dann mit Kunst und am Ende landest du mit gespreizten Beinen vor seinem Objektiv, wie auf einem beschissenen Gynäkologenstuhl.

Suzi begann zu kichern.

Sag bloß?

Natürlich, sagte Vera, als Künstler hat Robi einen ganz spezifischen, sprich gynäkologischen Blick auf die Frau. Das ist seine Spezialität. Und ehe du dich versiehst, bist du schon Teil seiner Kunst. Und die Hälfte der Zagreber Wichser masturbiert vor seinen Werken. Was glaubst du denn, wovon unser Robi lebt? Von der Buchhandlung etwa?

Robi sprang plötzlich auf und kippte dabei das Sesselchen um.

Du Nutte, zischte er, du blöde Schlampe, du Hure… Kommst du mit? Er blickte Suzi an.

Sie starrte ihn ungläubig an.

Keine Chance, sagte sie.

Bleib stehen, wo gehst du hin, sagte Vera, wie soll ich in deiner Abwesenheit über dich herziehen… Du hast Glück, Mädchen, dass ich vorbei gekommen bin, sagte sie und blickte Robi nach.

Warum?, fragte Suzi. Ihre Stimme war eine Mischung aus Überraschung und Neugierde, von beidem die Hälfte.

Warum?, wunderte sich Vera. Weil er dumm ist wie das Fernsehen.

ÜBER DREI BESORGTE MENSCHEN IM SCHATTEN EINER ZWERGEICHE UND ÜBER DIE DINGE, DIE EINEM NICHT ÜBER DIE LIPPEN GEHEN

Es ist schon einige Tage her, dass Magda verschwand. Magda und Stjepan hatten einen wirklich schönen Tag, sie picknickten im Maksimir-Park, aber dann verschwand sie. Stjepan rief sie an, klingelte an ihrer Tür, ging vor ihrem Haus auf und ab und blickte dabei auf ihre Fenster, alles umsonst. Und jetzt ist Stjepan beunruhigt. Aber nicht, weil Magdas Verschwinden sein Sexualleben beeinträchtigen würde – das ist noch das geringste Problem. Während er an sie denkt, spielen sich in seinem Kopf verschiedene Szenen aus Filmen über Mörder und Verrückte ab und das beunruhigt ihn. Das beunruhigt ihn sogar sehr. Bisher konnte Stjepan nur der Gedanke verstören, dass ihm persönlich etwas Schlimmes zustoßen könnte. Dass er in stürmische See geraten oder in einem Lokal – einem von denen, die er früher besucht hatte – ein Messer zwischen die Rippen bekommen oder von einem Baugerüst stürzen könnte. Aber jetzt beunruhigt ihn der Gedanke, dass vielleicht jemand anderem etwas Schlimmes zugestoßen sein könnte. Das ist neu für Stjepan. Und das verwirrt ihn zusätzlich.

← ← ←

Auch Baba macht sich Sorgen. Er macht sich Sorgen, weil Vera ihn nicht mehr mit diesem Blick abscannt, wenn er zu Hause auftaucht. Baba hat sich mit diesem neuen Umstand auseinandergesetzt und festgestellt, dass sich Vera mit der Situation abgefunden, dass sie das Ganze aufgegeben hat. Das sagte ihm sein Verstand. Sein Instinkt allerdings sagte etwas anderes. Tief in Baba nistete sich eine üble Vorahnung ein, deren Kern man folgendermaßen zusammenfassen könnte: Du bist erledigt, Baba, du hast die Arschkarte gezogen. Baba vertraut seinem Instinkt mehr als seinem Verstand. Er weiß, dass der Instinkt das Überleben sehr vieler Lebensformen ermöglicht hat, während der Verstand, dieser Stolz der menschlichen Gattung, vor allem für Betrug und Selbstbetrug zuständig ist. Und das macht ihm große Sorgen.

Kančeli ist ebenfalls besorgt. Er ist besorgt, weil seine Abstinenz ohne Schwierigkeiten verläuft. Nichts rebelliert in ihm, kein tollwütiges Biest in seinem Inneren schreit nach dem Trinken. Und das ängstigt ihn. Er geht nur mit einem Gedanken ins Bett: Scheiße, was wenn Es mich weckt, mitten in der Nacht, wenn Es mich am Hals ergreift und zum Kiosk in Zapruđe schleppt und mir sagt: Kauf dieses Bier und trink es aus, sauf du Mistkerl, sonst werfe ich dich vor die Straßenbahn.

Und so sitzen alle drei besorgt auf einer Bank unter der Zwergeiche und erzählen sich etwas. Sie reden über dies und das, nur nicht darüber, was sie quält. Das geht ihnen nicht über die Lippen. Jeder hütet es für sich, verbirgt es im Inneren, und es spielt keine

Rolle, dass es sie auffrisst. So ist es eben. Wenn die Menschen über die Dinge, die sie quälen, zu erzählen beginnen würden, wenn sie anfangen würden, einer dem anderen diese Dinge anzuvertrauen, dann könnten die Psychiater dichtmachen. Sie würden schwarz als Kellner arbeiten oder die Käfige im Zoo putzen, oder sie würden vor Hunger durchdrehen.

Und deshalb hält Kančeli die Konversation an der Oberfläche, anstatt zuzugeben, dass er unter schrecklicher Angst leidet, seitdem er mit dem Trinken aufgehört hat, und dass er nur darauf wartet, dass es ihn irgendwann Kopf und Kragen kostet, und er fragt Baba, was er denn so versuche zu schreiben. Und Baba, anstatt zu sagen: Lass mich zufrieden mit diesem Mist, frag mich, wie es mir geht, frag mich, warum ich mich nicht nach Hause traue und warum Vera und ich kaum noch miteinander reden, sagt er:

Einen Roman, ich schreibe einen Familien-Sex-Kriegs-Fußball-Thriller.

Und Stjepan, anstatt den beiden zu sagen: Jungs, was soll der Scheiß, Magda ist verschwunden, sie ist nicht mehr da, und ich mach mir schreckliche Sorgen um sie, ja, es stimmt, ich bin hundert Jahre alt, aber zum ersten Mal in meinem Leben ist mir jemand wichtig, und ich bin ganz verrückt vor Sorge, ich habe sie angerufen, auf dem Markt gesucht, vor ihrer Haustür gewartet, und ich weiß nicht mehr, was ich tun soll, sagt er:

Ich kenne mich da nicht besonders aus und will mich auch nicht einmischen, aber ich verstehe einfach nicht, warum die Menschen über solches Zeug schreiben?

Baba und Kančeli blickten ihn an.

Ich meine, wem nutzt das denn?, sagte Stjepan.

Wem nutzt was?, fragte Baba.

Das Schreiben, sagte Stjepan.

Die Menschen fühlen sich besser, wenn sie einen guten Roman gelesen haben, wahrscheinlich ist das der Grund, sagte Baba.

Was bist du, ein Arzt?, fragte Stjepan.

Ein Ingenieur der Seele, sagte Baba, der sich an die marxistische Literaturtheorie erinnerte.

Im Ernst, was für einen Nutzen ziehst du daraus?, Stjepan gab nicht auf.

Es handelt sich nicht um einen Nutzen, sagte Baba, verwirrt durch die unerwarteten Fragen.

Also worum dann?, sagte Stjepan. Kann man davon leben?

Kaum, sagte Baba.

Siehst du, sagte Stjepan.

Kančeli hielt sich zurück und achtete nur darauf, dass es keine Schläge unter die Gürtellinie gab.

Fühlst du dich besser, wenn du einen Roman geschrieben hast?, drängte Stjepan, da er merkte, dass sein Gegner taumelte.

Ich weiß nicht, sagte Baba genervt, ich habe noch nie einen Roman geschrieben.

Štef, haben Sie nicht einmal gesagt, dass Ihnen das Buch, das Sie auf der Straße gefunden haben, geholfen hat?, mischte sich Kančeli ein.

Stjepan warf ihm einen vernichtenden Blick zu.

Die Übungen haben mir geholfen, nicht das Lesen.

Egal, erst haben Sie aber das Buch gelesen.

Unsinn!

Was für Übungen?, fragte Baba.

Gar keine, Stjepan winkte verärgert ab.

Eine Zeit lang saßen sie schweigend da. Der Wind rauschte in den Kronen der Zwergeichen, der Kanadischen Pappeln, der Birken und der Eschen. Eine Frau ging durch den Park und hatte eine Stofftasche bei sich, die mit einem Regenbogen bemalt war. In der Ferne hörte man die Sirene eines Krankenwagens. Stjepan wurde traurig bei dem Gedanken an Magda. Wo ist sie bloß? Baba dachte darüber nach, dass er jetzt lieber in ein Minenfeld als nach Hause gehen würde. Kančeli rechnete nach, seit wie vielen Stunden er keinen Alkohol mehr getrunken hatte und fragte sich, wann ihn die Krise packen würde.

Man sieht sich.

Man sieht sich.

Tschüss.

Jeder ging in seine Richtung.

Stjepan ging zu Magdas Wohnung, klingelte und klopfte an der Tür, horchte daran, um innen irgendwelche Geräusche hören zu können, schnupperte, ob er den Geruch eines verwesenden Körpers riechen konnte, da er schon oft in den Zeitungen von Menschen gelesen hatte, die in ihren Wohnungen starben, Menschen, die keiner vermisste und deren Tod dann von Nachbarn und Polizisten aufgrund des Verwesungsgeruches entdeckt wurde. Stjepan schnupperte also und drückte seine Nase an die Ränder der Tür und murmelte vor sich hin: Magda, du bist nicht eine von denen, du hast jemanden, der dich vermisst.

Kančeli ging in einen Supermarkt und spazierte durch die Gänge mit den Wein-, Schnaps-, Whiskey-, Cognac- und Bierflaschen.

Er verspürte nichts Besonderes. Keine Aufregung, keinen Wunsch, kein Bedürfnis, gar nichts. Dann ging er zur Pizzeria Asterix, bestellte ein großes Gezapftes und saß dort und starrte auf den Bierkrug. Der Kellner schaute ihn an und schüttelte den Kopf. Als Kančeli bezahlte und wegging, ohne seinen Bierkrug angerührt zu haben, erhob der Kellner seinen Blick, aber im Himmel gab es nichts, was Kančelis Verhalten erklären konnte.

Und Baba schlich um sein Haus wie ein Dieb, er ging zum Café Plaža an der Bushaltestelle, bestellte Bier und Kräuterschnaps und begann sich zu besaufen.

Zur selben Zeit war es Vera völlig egal, was Baba in dem Moment tat, ob er sich besoff oder vielleicht einem Blinden über die Straße half. Ihr gingen nämlich ganz andere Gedanken durch den Kopf.

Lieber Tom,
es ist ein schwacher Trost zu wissen, dass man in seinem Elend nicht allein ist. Genauer gesagt, es ist fast gar kein Trost, aber darum geht es nicht. Es geht um zero gravity (mit diesem Ausdruck hast du es super getroffen). Auch ich fühle mich die ganze Zeit, als würde ich in einem schwerelosen Zustand leben, wobei mir die Mächte, die über mein Schicksal entscheiden, und die ich nicht kontrollieren kann, so stark erscheinen, dass jeden Moment etwas passieren kann, was mich zum Teufel schickt. Darum geht es – um die Menschen, die keine Kontrolle mehr über das eigene Leben haben. Sie glauben zwar, dass sie sie haben, aber dem ist nicht so. Das ist das Hauptproblem.
Du hast Recht, wenn du von dem Irrtum sprichst, dass wir unser Leben mit der Zeit in den Griff kriegen und an einem

sicheren Ort vor Anker gehen können. Stimmt schon, so läuft das nicht. Wenn ich heute darüber nachdenke, scheint es mir, als wären wir damals in unseren „verrückten" Jahren fester verankert gewesen, als in unseren „reifen" Jahren heute. Ein komisches Paradoxon. Standen wir damals wirklich fester auf der Erde? Vielleicht zehrten wir von der Hoffnung, dass wir etwas im Leben erreichen werden, was auch immer das heißen mochte, und dass wir im Prozess des Erwachsenwerdens nach allen Fäden greifen und sie fest in den Händen halten würden. Ich kann dir versichern, dass ich heute gar nichts in meinen Händen halte. Die Stelle an der Uni ist nicht sicher, sie können mich rausschmeißen, wann immer sie wollen, und niemand wird sich daran stören (die Situation ist so, dass jeder männliche Taugenichts, der länger als zwei Tage dort angestellt ist, besser bezahlt wird als ich, die ich schon seit fünfzehn Jahren dort arbeite). Wen interessieren im Übrigen schon meine Übersetzungen oder meine Texte über schottische und neuseeländische Schriftsteller? Wenn ich genauer darüber nachdenke, hat nichts, was ich tue, irgendeinen Sinn. Eine Schneiderin näht ein Kleid, verkauft es und bekommt ihr Geld. Die Frau, die es gekauft hat, ist glücklich, dass sie so ein schönes Kleid hat... In dieser Geschichte hat alles seinen Sinn, und alle sind zufrieden. Und in meiner Geschichte?

Ich weiß nicht, aber es scheint mir, dass ich keine wesentlichen Entscheidungen mehr alleine treffen kann. Ich beschuldige gar nicht mehr jene Frauen, die die Rolle der Mutter und Hausfrau akzeptiert und ihren Männern das Steuern des Schiffes überlassen haben. Wenn sie nur ein wenig Glück hatten und relativ normale Männer gefunden haben, die ihnen ein erträgliches

Maß an Scheiße vorsetzen, dann geht es ihnen super. So können sie in aller Ruhe das Ende abwarten.
Ich habe einen anderen Weg gewählt, und jetzt bin ich da, wo ich bin. Du hast Recht, die Zeit, in der wir leben, ist gut. Es wird nicht langweilig, ganz im Gegenteil, es ist zum Verrecken aufregend, ein scharfer Mix aus klassischem Drama, Horror und Thriller… nur dass man manchmal auch etwas leichtere Literatur haben möchte, so einen Herz-Schmerz-Roman mit Happy End.
Hier ist es so heiß, dass ich den Eindruck habe, dass meine Lunge bei jedem Atemzug verbrennt. Deshalb werde ich versuchen, so zu tun, als wäre ich gar nicht hier, als säße ich auf einem Eisblock am Nordpol. Vera
P.S. Mit einem Bier in der Hand während ich The Clash höre, sehe ich gar nicht mehr gut aus.

ÜBER KINDERNAMEN, VOLL-GEPISSTE HOSEN UND EINE VERSTECKTE GELDMÜNZE

In dem zylindrischen Schnellkochtopf aus rostfreiem Stahl kochte das Wasser. Sechsundneunzig, siebenundneunzig, achtundneunzig … die ganze Arbeitsplatte vibrierte im Rhythmus des rostfreien Geysirs, und neunundneunzig und hundert… Runde hundert Grad Celsius meldete der rote Knopf mit einem deutlichen, autoritären Klick. Suzi – barfuß, in der Hand eine Tasse, auf deren Boden eine zähflüssige Masse aus Instantkaffee, Zucker und Milch schwappte – tapste in die Küche und goss sich heißes Wasser ein.

Wie blöd, dachte sie, während sie die Worte Electro-Petra auf dem Ständer des Schnellkochtopfes entzifferte. Warum nicht Electro-Peter? Electro-Suzi. Jesus, Suzi. Wieder ein Beweis dafür, wie egoistisch und grausam Väter und Mütter sein können, wenn sie ihrem Kind einen solchen Namen geben. Suzi! Wie eine dumme Ziege aus einer Teenager-Serie. Kindernamen, dachte sie, sollten vorläufig sein. Wie die Nabelschnur oder noch besser wie das Jungfernhäutchen. Sie sollten ihre Geltungsdauer bis zum Verlust der Jungfräulichkeit haben, und dann kann sich jeder den Namen aussuchen, den er haben möchte. So wäre Suzi nicht gezwungen, die ganze Pubertät hindurch zu behaupten, dass Suzi eine Abkürzung für Suzana sei. Oder noch schlimmer, dass das ihr Spitzname sei. Weißt du, eigentlich heiße ich Katya, mit Ypsilon. Meine Alte war verrückt nach Marley, sie war auf einigen seiner Konzerte, auch 1980 in Dortmund. Da bin ich eigentlich auch gezeugt worden, die Alte war stoned wie ein Drache, sie kann sich nicht daran erinnern, wer sie da gevögelt hat.

Suzi schämte sich nicht für ihre kleinen Lügen, warum sollte sie? Sie milderte damit nur die Ungerechtigkeit, für die sie selbst nicht verantwortlich war. Das mit dem Vater war eigentlich nicht gelogen. Sie wusste nicht, wer ihr Vater war, und aus irgendeinem Grund wollte ihre Mutter es ihr nicht sagen. Beschützte sie Suzi vor irgendetwas Bösem? Schützte sie sich selbst vor unangenehmen Erinnerungen? Suzi war das nicht mehr wichtig, wenn es das überhaupt je gewesen war.

Während sie den Kaffee trank, beobachtete sie die Fassaden der Gebäude im Hinterhof, die mit Efeu bewachsen waren, und die Halle des Judoclubs, aus der man abends hörte, wie Haut auf Matten aufschlug und dumpfe Schreie ausgestoßen wurden. Das Leben mit ihrer Mutter hatte oft wechselnde Aussichten aus dem Küchenfenster mit sich gebracht. Das Amphitheater in Pula und die Masten der Segelboote stellten ihre frühesten Erinnerungen dar. Sie erinnerte sich auch an die Hafenkräne von Rijeka und die Öltanks auf Krk. Dann an den Busbahnhof in Karlovac und die Schornsteine der Hochöfen in Jesenice, die Eisenbahnschienen in München, die Bäckerei in Trešnjevka... Ihre Mutter blieb nie lange an einem Ort. Sie hatte Angst, dass sie verschimmeln und verfaulen könnte. Dass sie vor Langeweile sterben würde. Buchstäblich. Es gibt nichts Schöneres als den Anblick eines neuen Gesichts morgens im Bett oder zumindest eine neue Aussicht aus dem Fenster, pflegte sie zu sagen. Mit der Zeit wurde Suzi von den neuen Aussichten, den neuen Gesichtern und Mutters Philosophie übel. Sie wünschte sich, einmal aufstehen zu können, durchs Fenster zu blicken und sich nicht fragen zu müssen, Scheiße noch mal, woher kommt der Baum da unter dem Fenster? Wo bin ich jetzt eigentlich?

Als sie mit ihrem Schauspielstudium begann, wollte Suzi nicht mehr zulassen, dass ihre Mutter über ihren Ausblick aus dem Küchenfenster entschied. Damals war ihre Mutter mit einem Bosnier nach Frankfurt gezogen, um dort einen neuen Ausblick zu genießen. Suzi wählte für sich den Blick auf die Judohalle hinter der Moschee. Sie starb nicht vor Langeweile. Okay, der Blick aus der Küche blieb immer gleich, aber zumindest in ihrem Bett tauchte oft ein neues Gesicht auf, obwohl das genau genommen kein besonderes Glück darstellte.

Sagen wir mal so, die Verpackung wechselte, aber drin war meist nur der gleiche Schwanz, so wird es Suzi später in einem Interview formulieren, wenn sich irgendwann einmal die Gelegenheit dazu ergeben sollte. Ich suchte in jenen Tagen nach einem Quäntchen Aufmerksamkeit und Verständnis, doch ich bekam immer wieder nur den Schwanz. Buchstäblich nur das. Es scheint das Höchste zu sein, was ein Mann einer Frau zu bieten hat. Wie ich die Männer definiere? Das habe ich doch gerade getan. Es handelt sich um Wesen, die meist unfähig sind zu begreifen, was die Frauen ihnen mitteilen wollen. Sie erzählen ihnen etwas, und sie schauen sie mit diesem Blick an und denken: Okay Mädchen, lass gut sein, und lass uns anfangen. Verstehen Sie? Ich habe mich damit abgefunden. Ich dachte mir, na gut, die Welt ist nicht perfekt, sie ist so, wie sie ist, aber wenn es schon so ist, dann werde ich wenigstens Zeit, Ort und Stellung bestimmen.

Ich weiß nicht, sagte Suzi zu Vera später an diesem Tag, aber Robi schien die Mühe wert zu sein. Sie saßen auf der Terrasse des Cafés vor dem Kino Zagreb, und Suzi erzählte von ihrer Episode mit Robi. Sehr oft spürte Suzi, dass das, was sie erzählte, nur eine Geräuschkulisse für die Ohren des Gegenübers darstellte, ein Geräusch, dass ihm die Zeit gibt, darüber nachzudenken, was er selbst sagen wollte, was meist aber keinen Bezug dazu hatte, was Suzi gerade sagte. Sie hatte den Eindruck, dass die Menschen sich gar nicht mehr unterhielten. Sie hatten vor langer Zeit verlernt, einer dem anderen zuzuhören, und jetzt erzählte jeder seine eigenen Geschichten. Eine Menge irrer Monologe, so sah am Ende jede Kommunikation aus. Mit Vera war es anders. Sie spürte, dass sie mit Vera nicht wie mit einem Aschenbecher redete. Sie hatte es schon an jenem Abend im Kaptol-Zentrum so empfunden, als sie sich kennen lernten, dass nämlich Vera zu dem Typ Mensch gehört, der zuhören konnte.

Ich meine, sagte Suzi, weil sie Veras fragenden Blick sah, er hat mich nicht sofort angesprungen, nicht sofort meine Titten begrapscht und so weiter. Vera nickte mit dem Kopf und sagte, dass es grundsätzlich kein schlechtes Zeichen sei, wenn der Typ nicht sofort beginnt einen zu vergewaltigen.

Er war bei mir zu Hause... Mir kam es ein wenig komisch vor, dass er gar kein Interesse an mir hatte... Und außerdem erschrak er jedes Mal, wenn ich ihn zufällig berührt habe. Ich dachte, na gut, der Mann ist etwas scheu, er nutzt nicht jede Gelegenheit, er braucht ein bisschen länger, bis er sich entspannt, er gibt uns Zeit, uns besser kennen zu lernen, oder was weiß ich... Ich hab mich irgendwie so gefühlt... ich weiß nicht... Ich hab noch nie jemanden kennen gelernt, der so... merkwürdig ist... Und dann noch dieser Freund... Kanč-irgendwas...

Kančeli, sagte Vera.

Genau der, sagte Suzi.

Der Mann, der auf dem Weg in die Steinzeit ist, lachte Vera.

Ich hab mich gefragt, sagte Suzi, wie er in solch einer Wohnung leben kann.

Vera sagte gar nichts, und sie schwiegen eine Zeit lang. Ein Straßenverkäufer schlich um die Tische, ein junger Mann mit glatt gekämmten Haaren in einem blauen, kurzärmligen Hemd mit dunklen Schweißflecken unter den Achseln. Vera dachte darüber nach, ob es ein Fehler gewesen war, Kančeli in ihre Probleme einzuweihen, und Suzi war sich nicht im Klaren darüber, ob es in Ordnung sei, sich jemandem anzuvertrauen, den man kaum kannte.

Und Robi, macht der wirklich Pornografie?, fragte Suzi. Ich kann das kaum mit seinem Verhalten in Verbindung bringen.

Er hat damit nichts am Hut, sagte Vera. Ich hab mir das alles nur ausgedacht.

Suzi sah sie ungläubig an.

Warum?

Weil, sagte Vera ruhig, weil sich das besser anhört, als das wahre Problem von unserem Robi.

Suzi blickte verwirrt.

Was denn – er wird doch wohl kein Vergewaltiger sein, sagte sie.

Nicht dass ich wüsste, sagte Vera.

Ich habe von solchen Fällen gelesen, sagte Suzi, von Jungs, die zuerst wie Teddybären sind, und wenn sie dann einmal loslegen…

Seine Mutter, sagte Vera.

Wie?

Seine Mutter ist das Problem.

Ist ihr irgendwas zugestoßen?

Nein, aber sie hat einen Idioten aus ihm gemacht.

Guten Tag, meine Damen, der Straßenverkäufer stürzte sich auf sie als wäre er auf Speed, entschuldigen Sie, dass ich Sie in Ihrem Gespräch unterbreche, aber erlauben Sie mir, Ihnen etwas zu zeigen, was Ihr Leben sicher erleichtern wird.

Und dann schob er ihnen ein Messerset unter die Nase.

Die beiden Frauen reagierten überhaupt nicht, sie schauten ihn an, als wäre er eine durstige Wespe, die versucht, aus einem Flaschenhals zu trinken. Und im selben Augenblick vergaßen sie ihn.

Er ist vierzig, fuhr Vera fort, aber Mama entscheidet immer noch, wie er zu leben hat. Sie wählt seine Kleidung aus, seine Freunde, ich meine, soweit sie das kann, und was das Schlimmste ist, auch die Frauen.

Du machst Witze, Suzi riss die Augen auf.

Überhaupt nicht, sagte Vera. Unser Robi ist wie eine Figur aus diesen Videospielen. Und seine Mama hält den Joystick fest in der Hand.

Ach du Scheiße, sagte Suzi.

Und er schweigt und gehorcht. Eine meiner Freundinnen war mit ihm zusammen, vor langer Zeit, noch vor dem Krieg, damals haben wir noch studiert. Und dann brachte Robi sie mit nach Hause, um sie seinen Alten vorzustellen. Sie sind – sagen wir mal – eine recht angesehene Familie. Sie wohnen in einer Villa im Tuškanac-Viertel, sein Alter war ein Kommunistenbonze, der sich auch in der Demokratie bestens zurechtgefunden hat. Und so brachte Robi sie also zu dieser Audienz, und seine Alte veranstaltete eine echte Szene. Wo sie denn herkäme, wer denn ihre Eltern seien, welchen Beruf sie hätten und warum sie ihre Haare so färben würde, warum ihre Hose am Knie zerrissen sei, was das denn für ein T-Shirt sei, der reinste Zirkus. Duda hat sich aber nicht beirren lassen. Zuerst hat sie Robi angeschaut, aber von ihm kam gar nichts. Er stand nur da und starrte zu Boden. Dann sagte Duda der Alten, sie könne sie mal am Arsch lecken, und verdrückte sich. Das war's dann auch.

Scheiße, sagte Suzi.

Ja, sagte Vera.

Und das, was du von seinen Gedichten erzählt hast...

Das stimmt, er hat ein paar bescheuerte Gedichtbände veröffentlicht... Er konnte machen, was er wollte, seine Mama hat das schon geregelt. Eigentlich hat er Malerei studiert, ein paar Ausstellungen hatte er auch schon... Und die Buchhandlung ist sein Spielzeug. Er würde verhungern, wenn er nicht seine Eltern hätte.

Traurig, sagte Suzi.

Ja, wirklich traurig, stimmte Vera zu und sagte dem Kellner, dass sie zahlen wolle. Kommst du mit zur Straßenbahn?

Bist du verheiratet?, fragte Suzi, während sie zum Jelačić-Platz gingen.

Ja und nein, sagte Vera.

Suzi lachte.

Was ist das denn für eine Antwort?

Wir leben zusammen, ich meine Baba und ich, aber wir haben nichts unterschrieben.

Hm, sagte Suzi, und wie ist das so?

Wie ist was?

Ernsthaft mit jemandem zusammenzuleben.

Ich weiß es nicht, sagte Vera. Mit Baba ist das eigentlich unmöglich. Ich meine, ernsthaft zusammenzuleben.

Er ist wahrscheinlich nicht einer von denen, die dir sofort an die Titten gehen, sagte Suzi.

Er ist noch schlimmer, sagte Vera.

Ein Terrier rannte an ihnen vorbei und vertrieb die Tauben, die vor dem Hotel Dubrovnik herumspazierten.

Diese Hunde, sagte Vera.

Ist er gut im Bett?, fragte Suzi.

Wer? Baba?, lachte Vera. Ja, er ist super im Bett, er schnarcht nicht, er rutscht im Schlaf nicht auf meine Seite...

Keine schlechte Leistung, sagte Suzi und blickte Vera schlau an, ich meine für einen Mann.

Genau, sagte Vera. Und was noch wichtiger ist, Baba hat den Mut zuzugeben, dass er seine Hose vollgepisst hat.

Dass er was?

Dass er sich die Hose vollgepisst hat.

Suzi kicherte.

Das ist gar nicht lustig, sagte Vera, das ist für einen Mann der reinste Alptraum. Sie geben eher zu, dass sie ein homosexuelles Verhältnis hatten, als dass sie ihre Hose vollgepisst haben. Das schaffen nur wenige Männer. Du kennst das doch, sie gehen auf's Klo, sie bepissen sich und machen daraus ein Weltproblem. Ein ehemaliger Freund ist deswegen durch ein Klofenster abgehauen.

Er ist verschwunden und hat sich tagelang nicht gemeldet. Es war ihm unangenehm zuzugeben, was passiert war.

Das habe ich noch nie erlebt, sagte Suzi belustigt. Zumindest kann ich mich an so was nicht erinnern.

Keine Sorge, du hast noch Zeit, das kommt noch, sagte Vera. Guck sie doch mal an, wenn sie vom Klo kommen, da wirst du feststellen, dass sie total down sind, wenn sie um den Hosenschlitz herum ein kleines Fleckchen haben. Macht gar nichts, wenn das nur Wasser ist. Sie glauben, dass die ganze Welt ihnen auf den Schlitz glotzt und die gesamte Menschheit darüber nachdenkt, woher das Fleckchen auf ihrer Hose stammt. Aber wie ich schon sagte – Baba nicht.

Suzi konnte kaum aufhören zu kichern.

Das ist ihm schon beim ersten Date passiert, er kam völlig cool aus dem Klo, bespritzt bis runter zum Knie, und als ich ihn fragte, ob das vom Händewaschen käme, sah er mich an, als sei ich verrückt. Was für ein Scheiß-Händewaschen?, sagte er. Ich habe mich bepisst.

Er ist wenigstens ehrlich, sagte Suzi.

Ja, sagte Vera.

Aber nur bei unwichtigen Sachen, dachte sie.

Und Baba lief – ohne zu wissen, dass in diesem Augenblick fünfhundert Meter von ihm entfernt ein Gespräch über seine vollgepissten Hosen geführt wurde – angespannt und verärgert die Masarykova-Straße entlang. Am Morgen war Vera gut gelaunt gewesen, als wäre alles picobello, als wäre Baba gestern Abend nicht sturzbesoffen nach Hause gekommen, als wäre er nach Punta Arenas gefahren, ohne jemals zurückkehren zu wollen. Sie trank sogar

Kaffee mit ihm und erzählte ihm lachend, wie sie ein Mädchen von Robi ferngehalten hatte und wie Robi ausgeflippt war und sie beschimpft hatte. Dann aber war der Morgen vorbeigegangen, und Vera verstummte, und alles wurde wieder wie vorher. Still und sprachlos. Und jetzt betritt Baba die Buchhandlung, und Robi empfängt ihn mit einem falschen Lächeln.

Hallo Baba, wie geht's?

Nie besser gewesen, sagte Baba. Nie besser.

Es gibt nur wenige, die das heute von sich behaupten können, sagte Robi.

Tja, wenn das Vieh es liebt, verarscht zu werden, sagte Baba. Die Menschen fühlen sich schlecht, wenn es ihnen gut geht.

Eine interessante Sicht der Dinge, sagte Robi und fragte sich, was Baba wohl in seine Buchhandlung führte.

Vera ist also eine Schlampe, eine Hure und so weiter, sagte Baba und ersparte Robi jedes weitere Nachdenken.

Robi setzte einen defensiven Gesichtsausdruck auf.

Entschuldige, sagte er, du weißt doch, dass ich das so nicht gemeint habe. Sie kam an und begann aus heiterem Himmel, über mich herzuziehen.

Blödsinn, sagte Baba. Warum entschuldigst du dich bei mir? Warum entschuldigst du dich überhaupt? Wenn du dich für deine stinkigen Gedichte entschuldigen würdest, das würde ich noch irgendwie verstehen. Aber du entschuldigst dich für die einzige ehrliche Sache, die du in deinem Leben getan hast.

Was willst du eigentlich von mir?, sträubte sich Robi. Es gefällt dir wohl, den ritterlichen Beschützer zu spielen, oder was?

Ich kann nicht behaupten, dass du mir sympathisch bist, sagte Baba.

Das kommt mir vor wie der Anfang einer…

All diese Jahre, unterbrach ihn Baba, habe ich dich nur wegen Kančeli ertragen. Er hat in dir – aus völlig unerfindlichen Gründen – Potential gesehen. Stell dir das mal vor!

Mach es kurz, Baba, ich hab wirklich nicht so viel Zeit für dich.

Kein Problem, ich mach es kurz, sagte Baba trocken. Du weißt, dass Vera dir eigentlich einen Gefallen getan hat, indem sie dir die Kleine vom Hals gehalten hat.

Robi wurde blass.

Sie hat dir nur all die Unannehmlichkeiten erspart, die du später sowieso mit deiner Mutter gehabt hättest, sagte Baba.

Verpiss dich, zischte Robi.

Sag mal, Robi, fuhr Baba hämisch fort, du und deine Mama, vögelt ihr wie Mutter und Sohn oder einfach ganz normal?

Du beschissener Säufer, schrie Robi.

Ausgezeichnet, sagte Baba, endlich hast du was Wahres gesagt. Du machst dich.

Beim Verlassen der Buchhandlung fühlte sich Baba keinen Deut besser. Er war weiterhin angespannt und wütend. Als Kinder hatten sie häufig das Spiel mit der Münze und den drei Streichholzschachteln gespielt. Finde die Münze. Und wie sehr Baba sich auch angestrengt hatte und wie sehr er sich auch gewünscht hatte, die versteckte Münze zu finden, immer wählte er unfehlbar die falsche Schachtel. Seine Wut wuchs mit jedem neuen Versuch und richtete sich gegen die Schachtel. So war es auch jetzt. Robi war ihm nie sympathisch gewesen, aber er war nicht die Schachtel, unter der die Münze versteckt war. Definitiv nicht.

MIT JEMANDEM ZUSAMMENZULEBEN IST NICHT DASSELBE WIE SICH AIDS EINZUFANGEN

Kančeli gefiel sein Job in der Autowaschanlage. Keine Menschen mit Fischaugen, kein Fischgestank und keine Schwärme metallgrüner Fliegen. Nur Wasser und Shampoo. Zerstäubte Wassertropfen und wohlriechender Schaum. Eine saubere Arbeit. In den letzten Tagen ging Kančeli immer wieder das Gespräch mit Vera durch den Kopf. Immer, wenn er daran dachte, verdarb es ihm die Laune. Scheiße auch, Vera zu versprechen, ihr den Kopf des alten Freundes zu bringen, warum hatte er sich mit sowas einverstanden erklärt. Er hätte es ablehnen sollen. Vera sollte das allein mit Baba regeln.

Wie auch immer, dachte Kančeli und zeigte dabei dem silbernen Citroën (oder war es ein Renault? Vielleicht auch ein Koreaner?), dass er näher heranfahren solle, was soll ich Baba schon sagen?

Er schoss wütend lange Wassersalven auf die Kühlerhaube, die Windschutzscheibe und die Seiten des Autos und zeigte dann der Autofahrerin, dass sie in Richtung Schiene fahren solle.

Was könnte ich ihm denn schon sagen? Er gab eine letzte Salve auf die Rückscheibe und sah zu, wie das Auto im Tunnel verschwand, erfasst von Wasserstrahlen und den gelben Peitschen der rotierenden Walzen.

Die Frau, die dieses Auto fuhr, dachte er, hat wahrscheinlich eine bewegte Jugend gehabt. Sie hat Patty Smith gehört und Zappa und ANARCHIE- und FUCK OFF-Buttons getragen. Nachts auf Partys und tagsüber pennen. Und dann war das Märchen zu Ende. Jetzt ist sie Referentin in irgendeinem Ministerium, stolz auf ihr naturblondes Haar, sie trägt ein Täschchen, das Tausend und ein paar Zerquetschte gekostet hat, fährt diesen französischen (oder koreanischen) Müll und hat nicht den Mumm, ihrem Mann zu sagen, dass er sich aus ihrem Leben verpissen soll.

Und ich soll jetzt Baba genau das sagen! Dass er sich aus Veras Leben verpisst. Hör mal zu, Baba, ich war vor ein paar Tagen mit Vera Kaffee trinken, ja ja, richtig Kaffee trinken, und weißt du was, Vera lässt dir ausrichten, dass du deine Klamotten packen sollst. Warum? Tja, wahrscheinlich hat sich die Sache verbraucht, keine Ahnung... tut mir leid, Alter, so ist es nun mal... Das ist das Risiko dabei... Du hättest auch schon selbst mitkriegen können, dass es nicht das Gleiche ist, mit jemandem zusammenzuleben oder sich AIDS einzufangen – das holst du dir einmal und dann gibt es kein Zurück mehr... Wenn du mich fragst, mach es nicht noch komplizierter... Pack deinen Kram zusammen und hau ab... Aus meiner eigenen Erfahrung kann ich dir sagen, dass die ersten paar Jahre am schwierigsten sind. Später gewöhnst du dich irgendwie daran. Später spürst du die Messer im Bauch nicht mehr.

Stjepan fühlte etwas Ähnliches wie Messer im Bauch, während er an Magdas Tür lauschte. Eine schreckliche Säure verätzte seinen Magen. Aus Magdas Wohnung drang kein Geräusch. Er konnte nur das unregelmäßige Schlagen seines eigenen Herzens hören.

Suchen Sie jemanden?

Stjepan fuhr auf und wurde rot. Einen Meter von ihm entfernt stand eine alte Dame mit einem Pekinesen an der Leine. Stjepan verfluchte sich im Stillen, weil er dieses Pärchen nicht rechtzeitig hatte die Treppe heraufkommen hören.

Hm, ja, sagte Stjepan. Magda, ich suche Magda.

Und wer sind Sie?, fragte die Alte und betrachtete ihn argwöhnisch.

Was sollte er ihr antworten? Dass er ein Freund von Magda sei? Stjepans und Magdas Verhältnis konnte man nicht unbedingt als Freundschaft beschreiben, oder? Es lag wenig Freundschaft in diesen Telefonanrufen. In der einen Hand den Telefonhörer und mit der anderen den Kleinen steif zu halten, das ist nicht wirklich eine freundschaftliche Geste. Es wäre wohl näher an der Wahrheit, wenn er sagen würde, dass er Magdas Stecher sei, aber die Oma würde das nicht begreifen. Dieses Thema, dachte Stjepan, hat diese Alte schon längst von der Tagesordnung gestrichen.

Ein Freund, sagte Stjepan. Ich bin ein Freund von ihr.

Pff, schnaubte die Alte. Ein Freund? Wenn Sie ein Freund von ihr wären, wüssten Sie, dass sie zu ihrer Tochter nach Samobor gefahren ist.

Stjepan konnte sich kaum zurückhalten, dieser wunderbaren Dame mit ihrem entzückenden Pekinesen um den Hals zu fallen und sie abzuküssen.

Ach wissen Sie, ich war länger nicht in Zagreb, sagte er.

Ihre Tochter wurde von einem Auto angefahren, fuhr die Alte fort, ohne Stjepans durchsichtige Lüge überhaupt zu registrieren. Und stellen Sie sich vor – auf dem Zebrastreifen!

Stjepan konnte sich nicht daran erinnern, wann er das letzte Mal derart gute Neuigkeiten gehört hatte.

Zum Glück ist sie nicht schwer verletzt, aber einer muss doch bei ihr und bei dem Kind bleiben, auf die Männer ist doch kein…

Ein wunderschöner Hund, Verehrteste, sagte Stjepan und ging die Treppe hinab.

ÜBER ANARCHISMUS, CASH UND DEN GROSSEN BRUDER

liebe vera,
er ist nicht gut, ich meine der ton deines briefes. ich habe den eindruck, dass du auf all diese geschichten über erfolg reingefallen bist, dass du anderen erlaubt hast, für dich zu entscheiden, was wichtig ist und was nicht. ich weiß nicht, aber an deiner stelle würde ich gut darüber nachdenken. es gibt immer eine kraft, die du nicht kontrollieren kannst (ideologie, politik, geld, mode, was weiß ich), aber du kannst wählen, ob du dich daran beteiligen willst, ob du dich widersetzt oder ob du das alles einfach ignorierst. wir pflegten einst die illusion, dass wir uns der macht der partei widersetzen könnten, und wir benahmen uns dementsprechend. wir hatten damals alles außer freiheit (wir dachten zumindest, dass es so sei). die partei verfügte über die freiheit, und wir haben den mangel daran kompensiert, indem wir von anarchismus geschwafelt, wild durch die gegend gevögelt, drogen genommen und laute musik gehört haben. und hat all das etwa den kommunismus zu fall gebracht? nein, das hat es nicht. das geld hat es geschafft, geld, das wir nicht hatten und das uns nichts bedeutete. wir haben nur in den staub gefurzt, wie johnny stulic einmal sagte.

heute liegen die dinge etwas anders, heute haben wir diese freiheit, richtig, und trotzdem sind wir wieder deprimäßig drauf, denn jetzt haben die mit der fetten kohle die privilegien und mehr freiheit als andere. du kannst trompeten, soviel du willst, aber so ist das nun mal. sowohl in kanada wie auch in kroatien, überall in dieser freien welt. sie haben uns nämlich schon wieder verarscht. verarscht haben uns die, die den kommunismus gestürzt und uns die freiheit untergejubelt haben. jahrelang haben sie uns mit den geschichten erschreckt, dass der Große Bruder nur ideologie sei und aus dem osten komme. von wegen! der Große Bruder ist das cash, reines cash, und er kommt aus dem westen.

und was nun? sich daran beteiligen? sich hinsetzen und flennen? dagegen kämpfen?

nichts davon kommt mir in den sinn. es ist mir klar, dass geld nur von noch mehr geld besiegt werden kann. deshalb ignoriere ich das alles einfach. es ist mir scheißegal. ich hab alles, was ich brauche, und ich brauche nicht viel, ich will nicht, dass ich viel brauche. wenn du die dinge so siehst, wird das leben erträglicher. dann kannst du mit deinem leben anstellen, was DIR gefällt. probier mein rezept aus, glaub's mir, es ist gut.

gruß

tom

Dein Rezept ist die reinste Scheiße, murmelte Vera, nachdem sie Toms Brief gelesen hatte. Du bist selbst die reinste Scheiße. Wie sagt ihr Kanadier: You're full of shit, Tom.

Lieber Tom,
alles was du geschrieben hast, taugt gar nichts. Du hast das Thema verfehlt. Ich spreche von Gefühlen, und du kommst mir mit Parolen, als wärest du ein Erstsemestler in Soziologie. Tickst du noch richtig? Ich weiß das alles – über Ideologie und Geld, ich hab durchaus geschnallt, wer die Berliner Mauer eingerissen hat und warum, und was die Leute meinen, wenn sie von Freiheit sprechen (oder von Liebe, Carver, merkst du, wie schlau ich bin), ich habe auch gegen den Kommunismus gefickt (auch mit dir, vielleicht erinnerst du dich ja daran), und ich habe alles Mögliche getan und ausprobiert... Und du hältst mir jetzt Vorträge, als wäre ich eine dumme Gans aus dem kanadischen Hinterland. Zugegeben, du bist nicht allein schuld daran, mich trifft auch Schuld, weil ich dir in Chiffren geschrieben habe. Ich habe die Dinge nicht bei ihrem wahren Namen genannt, und ich bedaure das. Eigentlich wollte ich dir nur sagen, dass ich wütend bin, weil ich angefangen habe, Eigenschaften anzunehmen, die ich immer bei anderen verachtet habe.

Zum Beispiel habe ich vor ein paar Tagen ein tolles Mädchen kennen gelernt, sie studiert Schauspielerei und ist wirklich schön und klug. Und dann erwische ich mich dabei, wie ich sie belehren will. Ich habe vorgegeben, ihr helfen zu wollen, indem ich sie vor ihrer Umgebung geschützt und ihr die Erfahrungen einer reifen Frau aufgedrängt habe, meine beschissenen Erfahrungen! Wie furchtbar. Ich bin wirklich ziemlich durch den Wind. Als wäre ich nie zwanzig gewesen, und als hätte ich damals Frauen in mittleren Jahren nicht für Omas gehalten, auf die nur noch der Tod wartet. Okay, die Grenze des Jungseins ist ziemlich flexibel, sie verschiebt sich immer weiter, je älter wir werden, aber dennoch. Sich in das Leben von jemand anderem einzumischen, von jemandem erwarten, dass er den aufregendsten Teil seines Lebens überspringt, den nämlich, in dem man aus den eigenen Fehlern lernt. All meine Fehler sind aus dieser Perspektive eigentlich romantische Abenteuer, und ich würde sie verflucht gerne wieder begehen. Täusch dich nicht, du warst einer meiner Fehler (auch Baba, aber er hat sich ohne eigenes Zutun in mein Schicksal verwandelt), aber das ist nicht wichtig, es ist nur wichtig, dass ich mich schnellstens bei diesem Mädchen entschuldige.

Und jetzt noch zu Baba. Wir reden schon seit einiger Zeit nicht mehr miteinander. Er erzählt sein Zeug und ich meins, aber keiner hört dem anderen zu. Baba trinkt wie ein Loch, was nichts Neues ist – er war schon immer so, neu ist aber, dass ich es nicht mehr ertragen will. Aber was will ich eigentlich? Gar nicht so viel, nur jeden Tag mindestens ein, zwei Stunden für mich allein. Mit Baba geht das nicht, er ist wie ein Krebs, er hat Metastasen entwickelt und mich vollständig durchwuchert. Und ich kann ihn nur noch herausschneiden, bevor er mich ins Grab treibt. Ich habe soviel Zeit und Energie mit dem Irren durch seine Finsternis verloren (die inzwischen zu unserer gemeinsamen Finsternis geworden ist), und nun ist die Zeit gekommen, die nächsten wer weiß wie vielen Jahre so zu verbringen, wie ich das will. Herr Doktor, bin ich normal?

Das war es, was ich versucht habe, dir mitzuteilen, nichts über die globale Situation, sondern etwas über die Situation in meinem Wohnzimmer und in meinem Kopf.

Jetzt frage ich mich, warum ich dich mit meinen Problemen belästige, doch all das verpflichtet dich zu gar nichts. Warum sollte

es auch? Ich könnte diese E-Mail auch an eine der Adressen senden, die mir tagtäglich Tonnen von Junk-Mails schicken, das käme aufs Gleiche raus. Aber ich muss sie ja keinem schicken, es ist mir wichtig, dass ich Dampf ablassen kann, und der Computer ist ein ausgezeichneter Zuhörer. Ich werde mir echt noch überlegen, ob ich dir das zuschicke.
Vera.

Vera schob die Tastatur von sich weg und starrte auf den Text. Also wirklich, was interessiert ihn das wohl?, fragte sie sich. Wen interessiert das überhaupt? Ich werde es so machen: die Nachricht in Entwürfe speichern, duschen gehen… und dann fällt mir schon was ein.

HÜTE DICH, MEIN FREUND, VOR BLONDINEN IN STÖCKELSCHUHEN MIT EINEM BÜNDEL GROSSER BANKNOTEN IN DER HAND

In Utrine kann man türkische T-Shirts, Jeans aus dem Sandžak, bosnische Zigaretten, makedonischen Wein, herzegowinisches Marihuana, kolumbianisches Kokain, Heroin aus dem Kosovo und Bockwürstchen aus Österreich kaufen. Zu jeder Tages- und Nachtzeit kannst du in Utrine alles, was du dir nur vorstellen kannst, bekommen, nur nicht eine gewöhnliche Campinggaskartusche. Kančeli lief – frustriert von dieser Tatsache – nach Zaprude, um eine solche Mistkartusche zu erstehen. Vor der Bank im Einkaufszentrum stieß er auf eine lange Schlange, die eher vor ein Lotteriegeschäft oder eine Armenküche gepasst hätte als vor eine Bank. Wahrscheinlich erledigt ein Rentner darin gerade irgendwelche akrobatischen Transaktionen, dachte Kančeli. Wenn solch eine lange Schlange entsteht! Diese Rentner, dachte er, während er auf das Fenster der Bank zuging, die reinste Alchemie, was die mit ihren Minirenten zustande bringen. Er spähte durch das Glas und erblickte die Frau aus dem silbernen Citroën-Renault-Koreaner. Hinter ihr und nicht hinter einem Alchemie-Renter war die Schlange entstanden.

Kančeli konnte nicht wissen, dass es Elza war, wie auch. Überhaupt versagten seine Instinkte vollständig in Bezug auf Elza. Sie war keine Beamtin, und sie trug nie ANARCHIE- und FUCK OFF-Buttons in ihrer Jugend (hätte er sie sich in der Autowaschanlage genauer angeschaut, hätte Kančeli gesehen, dass ihre Jugend noch nicht zu Ende war). Und sie war noch weniger der Typ von Frau, der teure Täschchen trägt. Kančeli entpuppte sich – das habt ihr sicher längst begriffen – diesbezüglich als totaler Ignorant. Aber er gab nicht auf, er hielt an seiner Meinung fest.

Wie kurz sie ist, dachte Kančeli, als er sie sah. Nicht klein, sondern kurz – wie ein Kurzurlaub. Frau Kurze Blondine. Nicht mal ihre Sandalen mit den hohen Absätzen machten sie länger, sie musste sich zusätzlich auf die Zehenspitzen stellen, um den Auszahlungsschein zu unterschreiben. In ihrer linken Hand (dünne, zarte, durchsichtige Finger wie die Fühler eines Insekts) hielt sie einen Stapel mit 200-Euro-Scheinen. Nein, sie hat nichts mit irgendeinem Ministerium oder so zu tun, dachte Kančeli, ganz bestimmt nicht. Sie könnte eher die Frau eines mittleren Kriminellen sein oder – noch wahrscheinlicher – die Frau eines Handwerkers. Sie half ihrem Mann nicht bei der Arbeit und arbeitete auch selbst nicht, das war schon mal sicher. Jemand, der arbeitet, wedelt nicht mit einem Haufen Banknoten herum. Auch für weniger wird einem heute schon der Arm abgerissen. Und ihr Arm ist wirklich eine verlockende Beute – mit diesem Fächer aus Milliarden von Euro.

In der Zwischenzeit hatte Elza ihre Geschäfte erledigt und die Bank verlassen. Kančeli ging ihr nach. Er ging ihr nach, weil er noch nie jemanden mit soviel Bargeld in der Tasche aus der Nähe gesehen hatte. Es interessierte ihn, wie eine halbe Stunde im Leben einer Person mit soviel Cash abläuft. Während er hinter ihr her lief, versuchte er das Maximum aus ihren vermeintlichen Initialen herauszuholen. Kryptopädagogische Bodybuilderin. Kataleptische Bauchtänzerin. Katalanische Bandeonspielerin. Klerikale Basketballexpertin. Kunterbunte Begonienzüchterin. Und so weiter. Während sie durch die Fußgängerunterführung liefen und über den Parkplatz bis zur Pizzeria Asterix. Elza setzte sich an einen Tisch in der Ecke und begann die Speisekarte zu studieren. Kančeli setzte sich an das andere Ende der Pizzeria und studierte sie. Jetzt, wo er sich ein wenig an sie gewöhnt hatte, kam sie ihm nicht mehr so irritierend kurz vor. Ihre Proportionen kamen langsam ins Lot, vor allem die Brüste, fröhliche, Vorsilikon-Dinger in Faustgröße, deren Warzen das pfefferminzteefarbene Baumwoll-T-Shirt spannten. Kančeli schaffte es aber nicht, Elza gründlicher zu studieren, da sie, nachdem sie seinen akribischen Blick aufgefangen hatte, aufstand und zu seinem Tisch herüberkam.

Okay, sagte sie, ohne ihren feindlichen Ton zu verbergen, was bist du? Ein Sexualverbrecher, ein Dieb oder was?

Kančeli betrachtete sie mit Interesse, als würde vor ihm ein Tierchen stehen, das er bisher noch nie gesehen, von dessen Existenz er nicht einmal gewusst hatte. Eigentlich ähnelte Elza sogar einem Tierchen, mit ihren zerbrechlichen, durchsichtigen Finger-Fühlern, mit ihren abstehenden, blonden Haarbüscheln, ihrem vorgeschobenen Kinn und mit einem Mund, der Gift versprühte.

Oder fehlt dir vielleicht deine Mama, und deshalb läufst du die ganze Zeit hinter mir her?

Sie, sagte Kančeli, nachdem er einen Augenblick nachgedacht hatte. Es wäre gut, wenn Sie mich in dieser Phase siezen würden. Oder sind Sie eine Bäuerin, die mit Millionen in der Tasche herumhüpft und glaubt, dass sie deshalb jeden duzen darf?

Elza entspannte sich etwas und schaute weniger feindselig.

Und wenn wir schon dabei sind, seit wann genau laufe ich denn hinter Ihnen her?, fragte Kančeli, der nun merkte, dass er die Oberhand gewann.

Tja, was weiß ich, seit ich in der Bank war, sagte Elza verwirrt.

Oh nein, sagte Kančeli, da irren Sie sich, wir kennen uns schon länger. Das heißt, wir haben uns gestern beinahe kennen gelernt, es fehlte nur ganz wenig.

Elza wirkte noch verwirrter.

Was mich nicht daran hindern konnte, setzte Kančeli fort, Ihr Auto zu waschen, in der Autowaschanlage.

Elza musterte Kančeli aufmerksam.

Ich habe Sie dort nicht bemerkt, sagte sie.

Nicht der Rede wert, sagte Kančeli. Das ist ja auch keine Modenschau dort. Wir sind dafür da, unsichtbar aber effektiv zu sein. Bestenfalls so wichtig wie die Bürsten. Zufrieden mit dem Waschen? Keine Bemerkungen? Sie werden uns wieder beehren?

Elza war verblüfft. Von der Feindseligkeit, die sie bis vor kurzem ausgestrahlt hatte, war nichts übrig geblieben.

Kurzum, schloss Kančeli, ich bin kein Sexualverbrecher und auch kein Waisenkind, und ich will auch nicht Ihr Geld klauen. Ich bin nur Ihr Autowäscher.

Elza lächelte. Ihr Lächeln ließ eine Reihe von etwas abgenutzten, aber durchaus schönen Zähnen sehen. Sie blickte diesen geschwätzigen Mann an und dachte, dass er gar nicht aussähe wie ein Autowäscher (wenn man überhaupt vom Stereotyp eines Autowäschers sprechen kann), und er hatte auch nicht die Züge eines Diebes.

Dennoch, sagte Kančeli, in der Unterführung kam mir der Gedanke, Ihr Täschchen an mich zu reißen. Wissen Sie, es ist nicht unbedingt die beste Idee, den Menschen mit soviel Geld unter der Nase herumzuwedeln und dann seelenruhig spazieren zu gehen.

Darf ich mich setzen?, fragte sie.

Kein Problem, sagte Kančeli. Vergessen Sie nur Ihren Safe nicht, er zeigte dabei auf ihre Tasche.

Sie ging ihre Tasche holen, die ungefähr dreihundert Kuna gekostet hatte (bestimmt nicht mehr), und kam zu Kančelis Tisch zurück.

Elza, sagte sie, und reichte ihm die Hand.

Beli und Jajo klebten am Schaufenster der Pizzeria und warfen ihm bedeutungsvolle Blicke zu, und als er Kančelis Blick begegnete, hob Jajo den Daumen in die Höhe.

Als er später nach Hause kam, fand Kančeli Čombe ausgestreckt auf seinem Zweisitzer liegen.

Es freut mich, dass es dir hier so gut gefällt, sagte er.

Čombe hob seinen Kopf und blickte ihn blinzelnd an.

Merkwürdige Dinge passieren mir in diesen Tagen, fuhr Kančeli fort. Erstens, ich vergesse hartnäckig diese beschissene Gaskartusche zu kaufen, und jetzt kann ich uns schon wieder keinen Tee kochen. Und zweitens, in letzter Zeit lerne ich nur noch irgendwelche weiblichen Abkürzungen kennen. Suzi, Elza… Es ist nur eine Frage von Sekunden, bis eine Ena oder so vor meiner Tür steht. Was denkst du? Kommt es dir übrigens normal vor, dass diese Elza mit einem Haufen Geld in der Tasche durchs Viertel spaziert? Sag was du willst, aber mir kommt das verdächtig vor.

Elza jedoch betrat die leere Wohnung, warf das Geld auf den Boden und setzte sich zwischen die Geldbündel. Sie blickte auf das Geld und dachte: Die ganze Zeit, die ich in dieser Wohnung verbracht habe, all das, was ich hier erlebt habe, ist also soviel wert. Mensch, wie in diesem Film, wo der Typ das Gewicht von Zigarettenqualm zu berechnen versucht. Wohnungen sind wie Papiertüten, in denen wir verbrennen. Das Geld da, wahrscheinlich ist die Asche soviel wert, aber was kostet der Rauch? Und dann begann sie zu weinen, aber nicht mehr wegen dem, was einmal war. Sie weinte wegen dem, was hätte sein können, aber nicht ist. Und sie würde sofort aufhören darüber nachzudenken, wenn sie nur ein wenig zu sich gefunden haben würde. Und dann zog sie sich aus und ging unter die Dusche, und während die winzigen Tropfen auf ihre Haut prasselten, dachte sie über den Autowäscher nach, der überhaupt nicht wie ein Autowäscher ausgesehen hatte. Der überhaupt nicht schlecht ausgesehen hatte.

ÜBER VERSCHWUNDENE FEUERZEUGE UND DIE BESCHÜTZER DER ROTKÄPPCHEN

Ja, ja, es sieht so aus, als wenn das Augenzusammenkneifen nichts nützen würde, sagte Baba und blieb vor der Büste des Fürsten Krsto Frankopan im Zrinjevac Park stehen. Er hatte gerade etwas gehört, was ihm gar nicht gefallen hatte. Es war nichts Unerwartetes, das, was er gerade gehört hatte. Er wusste, dass ihn das früher oder später ereilen und tief im Herzen erschüttern würde, aber er stellte sich dumm. Lange Zeit wollte er nicht sehen, was doch so offensichtlich war, wollte nicht verstehen, was so verständlich war. Und dann hatte Kančeli einfach die Karten auf den Tisch gelegt. Er platzte damit mitten hinein in Babas Elegie über verschwundene Autos und Plastikfeuerzeuge. Baba beklagte sich, dass er immer häufiger sein Auto nicht mehr fand, wenn er betrunken war. Er vergaß, wo er es geparkt hatte. Manchmal vergingen Tage, bis er zufällig bei einem Spaziergang durch die Stadt auf seinen Opel traf. Und deshalb liefen die beiden nun durch den Zrinjevac Park. Sie suchten nach Babas Auto, weil er hundertprozentig sicher war, dass er es hier irgendwo in der Nähe hatte stehen lassen.

Das Gleiche wie mit den Plastikfeuerzeugen. Einmal hatte er eins mit Werbung für ein Café in Pazin, auf dem das S aus dem

Namen fehlte. Und dann war dieses Feuerzeug spurlos verschwunden. Einfach so. Jemand hatte es von seinem Tisch genommen, es war ihm aus der Tasche gefallen, er wusste es nicht.

In jenem Sommer, erzählte Baba, war ich wegen irgendeines Geschäftes in Jezera auf Murter. Morgens trinke ich Kaffee in der Nähe vom Hafen und stelle mit Schrecken fest, dass ich kein Feuerzeug mehr habe. Ich bitte den Kellner um Feuer, und rate mal, was er hervorholt?

Dein Feuerzeug, sagte Kančeli.

Genau, sagte Baba, gar nicht überrascht darüber, dass Kančeli das Ende des Feuerzeugabenteuers erraten hatte. Mein Feuerzeug ohne das S. Stell dir vor, solche Sachen verschwinden einfach, und dann tauchen sie dort wieder auf, wo du sie am wenigsten erwartest.

Aber Kančeli stellte sich überhaupt nichts vor, sondern sagte: Vera bittet dich zu gehen.

Und Kančeli blieb vor der Steinbüste stehen und blickte direkt in das erschrockene Gesicht des kroatischen Adligen. Krsto Frankopan starb bekanntlich 1527, aber sein Gesichtsausdruck sah aus, als wäre er sich erst jetzt dieser Tatsache bewusst geworden.

Schau dir den mal an, sagte Baba, er sieht aus, als hätte er gerade seinen eigenen Tod gesehen.

Das heißt, sagte Kančeli, dass wir jetzt ein wenig über die Familie Frankopan plaudern. Was hat der beschissene Frankopan mit dem, was ich dir gerade gesagt habe, zu tun?

Und guck dir den mal an, Baba zeigte auf die zweite Steinbüste.

Also wirklich, sagte Kančeli.

Ivan Mažuranić, sagte Baba. Guck dir das mal an, der schmollt wie ein verzogenes Mädchen. Er dreht Frankopan seinen Rücken zu und schmollt... Und weißt du auch warum? Weil die Mažuranić die Leibeigenen der Frankopans waren, darum. Und das hat ihn sein ganzes Leben lang gequält. Weil er tief in seiner Seele ein Leibeigener war. Nicht der von hoher Geburt ist groß, sondern der von niederer Geburt, wie Mažuranić sagt. Aber der kann mich mal mit seinen Volksweisheiten. Nicht der ist ein Schnorrer, der auf dem Asphalt herumsurft, sondern der, der im Parlament sitzt ... Der kann mich mal!

Ich hab keinen Bock darauf, sagte Kančeli.

Baba entspannte sich plötzlich.

Kein Problem, Brüderchen, sagte er und hakte sich bei Kančeli ein. Mir ist das alles klar, aber ich höre es nicht gerne.

Vor dem Gebäude des Außenministeriums standen zwei Polizisten.

Klar, sagte Baba und schaute sich die beiden an. Da drinnen arbeiten viele Rotkäppchen, die man vor uns beiden und anderen Wölfen von der Straße beschützen muss.

Wo ist das Problem?, fragte Kančeli.

Baba sah Kančeli in die Augen.

Es scheint so, als wäre ich das Problem, sagte er. Ich bin im Arsch, mein Freund. Total im Arsch. Jahrelang benehme ich mich wie ein Idiot... Ich weiß nicht genau, was ich will, aber ich suche es definitiv an den falschen Orten. Verstehst du? Jeden Abend sage ich zu mir selbst: Okay, du Idiot, ab morgen wird alles anders. Entweder benimmst du dich wie ein Mensch, oder du wirst auf Vera verzichten müssen...

Sie gingen unter den wachsamen Blicken der Polizisten über die Straße.

Und jetzt ist es vorbei, sagte Baba trocken. Vorbei, wie es schlimmer nicht geht. Zum Verrecken. Ich glaube, dass ich irgendwo da geparkt habe, er zeigte in Richtung Osten, und dann wandte er sich an die Polizisten: Ihr macht eure Arbeit gut, Jungs, ich bin zufrieden, macht weiter so.

MAN SOLLTE IN SAMOBOR NICHT DAS SUCHEN, WAS MAN IN UTRINE FINDEN KANN

Diese Städte, in denen nichts passiert, in denen die Geburten, die Hochzeiten und die Beerdigungen die einzigen Schlagzeilen sind, diese Städte, die so lächerlich klein sind, wenn man darin einen Ort zum Ausgehen sucht, und so megagroß, sobald man versucht, eine bestimmte Person zu finden. Stjepan beabsichtigte also, Magda in Samobor zu finden. Aus einem Spionagesatellit beobachtet, glich seine Suche einer unregelmäßigen und spiralförmigen Bewegung, deren Ausgangspunkt sich auf dem Markt befand, und dann irrte er kurvenreiche Gassen entlang und über die Brücken bis zum Friedhof auf dem Hügel oder bis zum alten Bahnhof oder bis zur Kaserne und zum Holzlager, und dann bewegte er sich zum Ausgangspunkt zurück. Auf diesen Straßen verirrte er sich andauernd, meist wusste er nicht in welche Himmelsrichtung er ging, aber er lief hartnäckig weiter. Und jedes Mal, wenn er an einen Ort gelangte, von dem aus es ihm gelang, den Weg bis zum Hauptplatz oder bis zum Markt zu finden, war er überrascht.

Außer Magdas Namen und Aussehen gab es keine Anhaltspunkte, die für seine Suche hilfreich gewesen wären. Die Chancen, Magda zu finden, waren ziemlich miserabel, das war ihm sofort klar, aber er rechnete damit, dass die Stadt klein genug sein würde, er baute auf sein Glück (was – wie ihr schon wisst – ihm nur selten hold war) und auch darauf, dass Magda ihre Gewohnheit, jeden Tag auf dem Markt einkaufen zu gehen, beibehalten hatte. Deshalb nahm er an, dass er sie dort am ehesten treffen würde. Wenn sie sich schon um die Tochter und ihre Familie kümmerte, dann gab es keine vernünftigere Vermutung, als dass sie irgendwann auf dem Markt auftauchen sollte. Aber Magda tauchte nicht auf dem Markt auf. Sie war nicht dort, sie war auch nicht in der Bäckerei, in der Stjepan ein Brennnesselbrötchen kaufte und aß. Sie war nicht auf der alten Holzbrücke oder auf der Promenade am Flussufer. Sie war auf keiner dieser Straßen und Gassen zu finden, durch die sich Stjepan wie ein kranker Hund schleppte, je näher der Mittag kam. Sie war auch nicht auf der Terrasse, auf der er mittags mit verdünntem Rotwein und einem Sumatra-Zigarillo Pause machte. Weder der Rotwein noch der Zigarillo schmeckten ihm.

Diese Käffer können interessant sein, wenn man sie als Tourist besucht, Kaffee und Cremeschnittchen vertilgt oder irgendetwas in der Art macht. Aber wenn du hierher gekommen bist um etwas zu erledigen, vor allem etwas derart Empfindliches wie die Suche nach einer vermissten Person, dann können dir solche Käffer mächtig auf die Nerven gehen. Als der Tag sich seinem Ende näherte und die Suche immer noch keine Ergebnisse gebracht hatte, begann Stjepan Abneigung gegen Samobor zu verspüren. Zunächst leichte Aversion, dann Feindseligkeit und schließlich Verachtung. Die Stadt ist dämlich gebaut, murmelte er. Alles befindet sich an der falschen Stelle, diese Straßen muss ein Verrückter geplant haben, warum waren sie sonst so unsinnig kurvig, so eine Stadt, die weniger Einwohner hat als mein Viertel, kann mir gestohlen bleiben. Im Vergleich mit Samobor ist Utrine eine Metropole… Sogar Stjepans Magen fing an, gegen Samobor zu rebellieren. Es kotzte ihn richtig an, und er hatte genug von dieser Stadt. Er dachte, dass er sie ohne schlechtes Gewissen plattwalzen könnte, mit all ihren Brücken und diesem barocken Firlefanz. In dieser Stimmung setzte er sich in den Bus nach Zagreb. Und als der Bus die Jankomir-Brücke erreichte und aus dem diesigen, schmutzigen Nebel im Osten der Schornstein eines Kraftwerkes auftauchte, bebte sein Herz vor Freude. Seliges Utrine, dachte er, wo die Straßen sich im rechten Winkel kreuzen und wo sich alles an seinem Platz befindet. Alles außer Magda.

Ein altes Sprichwort aus Utrine lautet, dass man nicht das in Samobor suchen soll, was man in Utrine finden kann.

Als Stjepan am späten Nachmittag die Treppe zum Eingang seines Hochhauses hinaufging (immer noch voller Verachtung für Samobor), erblickte er Magda, wie sie gerade aus dem Aufzug kam. Wut, zuerst brach Wut aus ihm heraus (Mensch Frau, wo warst du denn?). Dann Selbstmitleid (Ich bin fast gestorben, als ich durch dieses lausige Kaff gekrochen bin), dann Freude (Mensch Magda, wie ich mich freue, dich zu sehen) und schließlich ein Vorwurf: Aber warum hast du mir nicht Bescheid gesagt, dass du weggehst, ich hab mir alles Mögliche vorgestellt, als du so verduftet bist.

Magda wartete geduldig ab, bis Stjepan alles abgelassen hatte, und dann sagte sie:

Ich hab an dem Tag unten geklingelt, aber du warst nicht da.

Na gut, aber du hättest dich doch aus Samobor melden können.

Wie denn?

Wie meinst du das, wie denn? Natürlich mit dem Telefon.

Ich hab deine Nummer nicht.

Wieso hast du meine Nummer nicht?

Ich hab sie halt nicht, sagte Magda ruhig. Du hast doch immer angerufen.

Stjepan senkte den Kopf und tat so, als hätte er plötzlich etwas sehr Interessantes auf dem Treppenabsatz gefunden. Unten vor dem Hochhaus gingen Žac und Beli vorbei.

Schau mal, da ist Štef, sagte Beli. Er hat hundertprozentig was versaut, und jetzt versucht er sich rauszumogeln.

DARÜBER WIE ALLES ZU ENDE GING

Es war beinahe Mittag, als Suzi sich aus dem Bett stahl, ihr Baumwoll-T-Shirt mit Barbie als Prostituierter anzog, das ihr bis weit über die Hüften reichte (Suzis Mutter bekam es nie geregelt mit den Motiven und den Größen der T-Shirts, und die modischen Kunstwerke, die sie von ihr geschenkt bekam, trug Suzi meist zu Hause), und nun sah sie sich den jungen Mann an, der in ihrem Bett schlief. Er lag auf dem Rücken, mit den Händen unter dem Kopf und atmete ruhig und tief. Ach du Scheiße, der ist ja noch ein Baby, ich könnte seinetwegen Schwierigkeiten mit der Polizei bekommen.

Sie hatte ihn gestern Abend in der Sieben aufgegabelt. Er wirkte ziemlich verloren, er ergab sich widerstandslos, es genügte, von der anderen Seite der Theke zu ihm herüberzuwinken und ihm anzudeuten, dass sie eine Zigarette haben wollte. Und jetzt schaute sie ihn an, wie er hier in der Pose eines Kindes schlief. Seit langer Zeit fühlte sich Suzi mal wieder so richtig gut. Keine Spur von Dreck auf der Haut, der durch Duschen nicht verschwinden will (eine häufige Erscheinung nach Geschichten, die nur eine Nacht dauerten), kein Unwohlsein, das wie Rohöl am Körper klebt. Ganz im Gegenteil, sie spürte Schmetterlinge im Bauch und die Lust zu lachen. Wie hieß er noch mal?, fragte sie sich. Marko? Mario? Ist auch egal. Wie auch immer er heißt, ihr kam er vor wie Alka Seltzer nach einer üblen Party.

In den letzten Tagen hatte sich Suzi in der Tat verkatert gefühlt. Nein, sie hatte sich nicht auf Partys herumgetrieben. Sie hatte überhaupt nichts getrunken, nur die komplizierte Geschichte mit Robi und Vera hatte in ihrem Kopf ein wahres Durcheinander angerichtet. Warum hatte sich Vera das mit der Pornographie ausgedacht? Warum hatte sie ihr das mit Robi und seiner Mutter erzählt? Warum hatte Vera sie überhaupt in ihre private Finsternis hineingezogen? All das hatte Suzi verwirrt, und sie begann, Vera zu meiden. Sie wusste nicht, was sie denken sollte: War Vera nun lieb oder ekelig? In Ordnung, das Leben war nicht schwarz-weiß, das war klar, aber einige Farben müssen doch überwiegen, einige Töne. Welcher Ton überwiegt bei Vera? Was für ein Spiel spielt sie eigentlich?

Und vor ein paar Tagen hatte Suzi dann noch zufällig diesen komischen Kančeli in der Stadt getroffen und von ihm erfahren, dass Robi nicht unbedingt das Opfer einer monströsen Mutter war.

Ach was, das hat keine Bedeutung, sagte Kančeli, Vera übertreibt. Stimmt schon, er hängt ein bisschen zu sehr an seinen Alten, vor allem an der Mutter, aber wer hängt heute schon nicht an irgendwas? Wir können ihn ja deswegen nicht sofort beerdigen, sagte Kančeli.

Dann sagte er noch, dass Robi nur ein reicher Junge sei, der versucht, ein Proletarier und Schriftsteller zu werden, aber sowohl das eine als auch das andere gelinge ihm nicht. Er deutete dann noch an, dass Vera Robi nicht leiden könne, weil dieser vor langer

Zeit eine gute Freundin von ihr hatte sitzen lassen, die daraufhin Tabletten schluckte, ihren Kopf in den Gasofen schob und auch sonst einen ziemlichen Zirkus machte. Sie brachte sich natürlich nicht um, beendete Kančeli die Geschichte. Sie hat es auch nicht vorgehabt, nur damals war Sylvia Plath in Mode, verstehst du.

Suzi fragte sich dann, warum sie überhaupt auf den Gedanken gekommen war, sie und Vera könnten sich nahe kommen. Wie dumm war ich doch. Als hätte ich mir gewünscht, meiner Mutter nahe zu kommen. Und dann sah sie Vera plötzlich mit anderen Augen. Sie sah eine Frau, die im Leben die Arschkarte gezogen hatte. Eine sehr einsame Frau. Suzi schloss die Möglichkeit nicht aus, dass auch auf sie irgendwo in der Zukunft eine ähnliche Scheiße wartete, aber sie hatte es nicht eilig damit. Warum sollte sie auch? Das Altwerden war eine Einbahnstraße, und trotz aller Tricks der plastischen Chirurgie gab es keine Möglichkeit, in die entgegengesetzte Richtung zu fahren. Veras Sprüche davon, dass sie wisse, wie es sich anfühlt, in Suzis Alter zu sein, aber es fraglich sei, ob Suzi je nachvollziehen könne, wie es ist in Veras Alter zu sein, bekamen nun eine neue Bedeutung. Suzi erkannte in diesen Sprüchen nun nicht mehr irgendeine Weisheit, sondern nur noch Neid. Vielleicht hast du Recht, dachte Suzi, aber die Wahrscheinlichkeit, dass ich einmal diese beschissen-berühmten mittleren Jahre erreichen werde, ist auch weiterhin ziemlich groß. Dagegen besteht absolut keine Möglichkeit, dass du je wieder zwanzig wirst. Und so hörte Suzi auf, sich am Telefon zu melden, und wenn sie auf dem Anrufbeantworter Veras Stimme hörte, dachte sie: Dankeschön, du brauchst mich nicht vor meinem Alter zu retten, ich habe mich entschlossen, es voll und ganz zu genießen.

← ← ←

Während Suzi Kaffee trank, klingelte das Telefon. Sie schlürfte an ihrem Kaffee und hörte dabei Veras elektronische Stimme:

Hey, verlorene Tochter, das ist der perfekte Tag, um irgendwo Kaffee trinken zu gehen…

Wer ist das? Deine Mutter?

Suzi drehte sich um. Ihre Beute von gestern Nacht stand in der Tür.

So was Ähnliches, sagte sie.

Und dann bedeutete sie ihm, sich an den Tisch zu setzen und fragte, ob er klassischen Nescafé oder Nescafé mit Milch wolle.

Zur selben Zeit kreuzte Robis gelber Käfer über die Lujzijana. Mit vollem Tank könnte man bis zum Ende der Welt und den halben Weg zurück fahren. So fühlte sich Robi, aber eigentlich war er nicht auf dem Weg um die Welt, sondern auf dem Weg nach Krk. Er hatte es nicht eilig dort anzukommen. Er war cool, er versteckte seine Augen hinter einer Sonnenbrille, in der rechten Hand eine geöffnete Bierdose. Er tat so, als habe er nicht die geringste Ahnung davon, wohin er fährt, aber wohin auch immer, er wollte nicht über die neue Schnellstraße nach Rijeka dorthin. Er fuhr auf der alten Lujzijana und trank sein Bier. Dabei gingen ihm verschiedene Dinge durch den Kopf. Dass er der letzte von den On the road-Typen, der einzig legitime Nachfolger von Jack Kerouac sei. Gerade auf dem Weg nach Paris, wo Zadie Smith auf ihn wartete, und sie würden dann gemeinsam nach Tanger aufbrechen… Lauter solche Dinge gingen ihm durch den Kopf.

Natürlich, die alte Straße für den alten Hasen mit dem alten Käfer, murmelte er in seinen Bart.

Überhöhte Geschwindigkeit ist unangebracht in meinem Alter, junger Mann, sagte er zu dem Jungen, der am Straßenrand Pilze verkaufte.

Kein Ziel ist diese Eile wert, du Depp, sagte er zu dem Typen, der ihn gerade überholte.

Das Leben besteht nur daraus, dem eigenen Schwanz hinterherzujagen, sagte er zu den Bäumen am Straßenrand.

Deshalb lauf durch das Leben mit langsamen, eleganten Schritten, wie ein Panther, sagte Robi zu seiner Sonnenbrille und seiner Stirn im Rückspiegel.

Da er Lust auf Gesellschaft bekommen hatte und die letzte Episode mit Baba nicht einfach so verdrängen konnte, stellte er sich folgende Situation vor: Gerade hat er Baba auf der Straße aufgelesen, sein Gastarbeiterschrott, dieser uralte Scheiß-Opel war mitten auf der Straße verreckt, und Robi bleibt stehen, bietet Baba großzügig an, ihn bis zur nächsten Werkstatt mitzunehmen. Baba nimmt das Angebot an und bedankt sich, und nun sitzen beide im gelben Blitz.

Gut ist der, sagt Robi, nur um ins Gespräch zu kommen.

Tja, nicht gerade ein 56er Chevi, sagt Baba eifersüchtig.

Red keinen Stuss, sagt Robi, das ist hier auch nicht die Route 66.

Der Motor röhrte gefährlich, gefüttert mit synthetischem Öl in Vorahnung der Kilometer, die noch auf ihn warteten.

Hör dir mal dieses Röhren an, sagt Robi und gibt am Ausgang einer Kurve ordentlich Gas.

Röhren?, wundert sich Baba. Kann man bei einem solchen Auto von Röhren sprechen?

Robi tritt auf die Bremse, das Auto schlittert auf den Schotter neben der Straße und kommt zum Stehen.

Raus!, Robi zeigt mit dem Zeigefinger in Richtung der Berggipfel in der Ferne.

Warum?, fragt Baba.

Weil du Scheiße redest, sagt Robi. Warum sollte man bei einem Käfer nicht sagen können, dass er röhrt?

Robi kommt Babas Gesicht gefährlich nahe.

Weil ein Käfer kein Maserati oder so was ist, sagt Baba. Darum.

Zwischen ihre Nasen passen keine zwei Finger mehr.

Scher dich raus, sagt Robi.

Wir wollen uns doch wohl nicht prügeln, sagt Baba, der inzwischen begriffen hat, dass Robi keine Scherze macht.

Und übrigens, sagt Robi, seit wann stehst du auf Marken, du kleidest dich doch immer auf Flohmärkten ein?

Ich hab gar nicht gesagt, dass ich auf Marken steh, ich hab nur gesagt, dass das hier kein Maserati ist.

Verpiss dich, sagt Robi.

Und Baba verschwindet aus dem Auto, und Robi ist wieder allein. Und weil es ihm erneut langweilig wurde, so allein herumzufahren, phantasierte er sich ein trampendes Mädchen an einem LKW-Rastplatz herbei. Suzi, verdammt, das war Suzi.

Steig ein, sagt Robi cool. Die Straße wartet auf uns.

Super Schlitten, den du da hast, sagt Suzi und küsst Robi auf den Mund.

Gefällt er dir?

Sehr sogar, sagt Suzi. Er ist anders als alle anderen Käfer auf der Welt, er ist einmalig und einzigartig, und es gibt nirgendwo einen vergleichbaren Käfer.

Robi drückt aufs Gas, und der Wald verwandelt sich in eine undeutliche, grüne Masse.

Und weißt du, was ihn so einmalig macht?

Sag.

Dass du ihn fährst, sagt Suzi. Und dass er jeden Tag deine Eigenschaften annimmt, angefangen von deiner Art dich zu bewegen bis hin zu deinen kleinen Marotten. Und deine ganze Eleganz, deine leicht exzentrische Art, all das hat sich in den Lack dieses Autos eingeprägt, und macht es auch so elegant und leicht exzentrisch.

Robi seufzte, und nun trat er wirklich auf die Bremse, und das Auto blieb in einer Wolke aus Staub am Straßenrand stehen.

Du hast sie wohl nicht mehr alle, du Idiot!, brüllte der Typ, der hinter Robi fuhr und drückte wie besessen auf die Hupe. Du willst uns wohl alle umbringen!

Robi hörte weder das Brüllen noch das Hupen. Er hörte gar nichts außer seinem eigenen Herzen, das wie verrückt hämmerte. Er legte seinen Kopf auf das Lenkrad und dachte, dass das Leben eine Hure sei.

Und Kančeli und Elza liegen in einem Zimmerchen, an dessen Wänden zehn Kinderzeichnungen hängen. Es sind die Werke von Kančelis Tochter. Zeichnungen, in denen Eltern die künftige Genialität ihrer Nachkommen erkennen und die Psychiater ihre schreckliche Gegenwart. Kančeli gehörte nicht zu dieser Art Eltern. Er hatte diese Zeichnungen bis zu dem Tag, an dem die beiden ihn verlassen hatten, überhaupt nicht bemerkt. Seine Frau ließ sie aus unerfindlichen Gründen an den Wänden zurück. Alles aus dem Zimmerchen hatte sie mitgenommen, auch das letzte Körnchen Staub, aber nicht diese Zeichnungen. Kančeli wollte sie an dem

Tag loswerden, als er auch die Tasse mit den blöden Kühen entsorgte, aber er hatte es doch nicht getan. Er ließ sie hängen. Als Erinnerung daran, dass das Zimmerchen mit den Zeichnungen lange Zeit das Museum seines schlechten Gewissens gewesen war. Aber nun nicht mehr. Jetzt ist es ein ganz gewöhnliches Zimmerchen, verziert mit kindlichen Kritzeleien, in dem auf einer Matratze und zugedeckt mit einem offenen Schlafsack Elza und Kančeli liegen. Kančeli starrt an die Decke, hält Elzas Hand in der seinen und hört ihr zu.

Und Elza erzählte über ihre Hochzeitsreise nach Halkidiki, über die Sonnenblumenfelder und die riesigen grünen Schlangen auf dieser Halbinsel, über den silbernen Citroën, den Igor und sie kauften und über den Kredit, den sie noch weiter abzahlte, als er schon umgekommen war, über den Bankrott der Bankfiliale, in der sie gearbeitet hatte, über den letzten gemeinsamen Sommerurlaub auf der Insel Mljet und über den Hummer im Restaurant am See, erzählte, wie Igor nichts davon hören wollte, seine Brigade vor Kriegsende zu verlassen, darüber, dass sie planten, nach Neuseeland auszuwandern, wie sie über den Besitzer des Tabakladens, in dem sie gearbeitet hatte, einen Job in Graz gefunden hat, aber dass sie gar nicht so sicher war, ob es sich wirklich um ein Altersheim handelte oder vielleicht um etwas ganz anderes, darüber, dass ihr an jenem Tag, an dem sie Igor bis zur Kaserne begleitet hatte, eine schwarze Katze über den Weg lief, so eine ähnliche wie die, die ihr heute hier vor dem Hochhaus über den Weg gelaufen war... Sie erzählte zusammenhangslos vor sich hin und weinte dabei.

Dann erzählte Kančeli über die Partys, die Irena (nach langer Zeit sprach Kančeli das erste Mal wieder den Namen aus, den er sonst vor anderen nicht erwähnte) so gerne geschmissen hatte, darüber, wie sie sich nach Majas Geburt völlig verändert hatte, wie sie sich mit Maja in das Zimmerchen zurückzog, jedes Mal, wenn er mit seinen Freunden nach Hause kam, darüber wie er gesoffen hatte, über wilde Streitigkeiten und zerschlagene Türen und Lichtschalter, darüber, wie er Irena angebrüllt hatte, immer dann, wenn sie ihm sagte, dass er betrunken sei, über die Tasse mit den Kühen, über die Psychiaterin mit dem Habichtsgesicht und die Erscheinungen im Krankenhauspark, über die Menschen mit den Augen toter Fische, darüber, dass der Kater, den sie vor dem Hochhaus gesehen hatte, nur Čombe war, ein freundlicher Kater, sie möge sich wegen ihm keine Sorgen machen… Er erzählte und drückte dabei heftig ihre Hand.

Indem sie so einer dem anderen ihre Geschichte erzählten, machten sie einen Entzug von der eigenen Vergangenheit. Sie sprachen und sahen durch die Wände hindurch und zitterten dabei, als würde der eisige Mond und nicht die Mittagssonne auf die Fenster und den Beton des Hochhauses strahlen.

Ungefähr zur selben Zeit reichte Baba Vera die Wohnungsschlüssel und sagte, dass er die Bücher und die anderen Sachen irgendwann im Herbst abholen würde, wenn es okay sei.

Ist schon okay, sagte Vera.

Auf jeden Fall werde ich vorher anrufen, sagte er und nahm seine Sporttasche in die Hand.

Ja, tu das auf jeden Fall, sagte Vera.

Ich habe etwas im Zentrum gemietet, sagte er und begab sich zur Tür. Irgend so ein Loch.

Gut, sagte Vera.

Wir sehen uns, sagte er und schloss die Tür hinter sich.

Vera blieb mit den Schlüsseln in der Hand im Flur stehen. Als Babas Schritte nicht mehr zu hören waren, legte sie sie auf den Schuhschrank, ging in die Küche und spülte die Tasse aus, aus der Baba seinen Kaffee getrunken hatte. Dann rief sie Suzi an. In den letzten Tagen meldete sich nur der automatische Anrufbeantworter. So war es auch jetzt. Vera hinterließ eine Nachricht und setzte sich dann hin und versuchte sich zu überlegen, was sie nun tun sollte. Ans Meer fahren, Duda in London besuchen, einen Essay über die neuere britische Frauenprosa schreiben, die Schränke aufräumen, Kleidung wegwerfen, die sie schon seit Jahren nicht trägt, Tom eine E-Mail schreiben, sich betrinken, sich hinlegen und den Sommer verschlafen... So viele Pläne schwirrten ihr durch den Kopf. Sie dachte darüber nach, wie gut ihr jetzt eine Zigarette tun würde, um diese Situation in ihrem Kopf ein wenig in den Griff zu kriegen, aber es erschien ihr albern, Baba sofort durch eine andere schlechte Angewohnheit zu ersetzen. Sie versuchte für ihr Gefühl einen Namen zu finden. War es Erleichterung? Sie hatte ihre beschissenen, zu engen italienischen Schuhe abgestreift. Oder waren es eher spanische Stiefel? Oder war es so: Nach langer Fahrt in einem Bus, in dem es nach Schweiß und Benzin stank, hatte sie ein Städtchen in den Bergen erreicht, und jetzt steht sie auf dem gepflasterten Platz vor der Kirche, vom Berg her weht ein sanfter Wind, und alle Zeit dieser Welt gehört ihr. Sie erkannte sich in keiner dieser Situationen wieder. Das was sie fühlte, war eher wie Ersticken. Als fahre sie in einem überfüllten Aufzug, und all diese

Körper drücken auf sie ein, und sie kann sich nicht bewegen, und Panik steigt in ihr auf. Sie muss die Wohnung verlassen. Genau das wird sie tun. Eine halbe Stunde später klingelte sie an einer Wohnungstür in der ersten Etage eines Gebäudes in der Dežečić-Straße.

Hallo Mama, sagte sie und küsste die Frau, die ihr die Tür öffnete.

Also, sagte Veras Mutter ein paar Minuten später, während sie die Teekanne auf den Tisch stellte, du hast dich wieder mit Baba verkracht.

Wie kommst du darauf, fragte Vera.

Weil du immer nur dann kommst, wenn du mit ihm gestritten hast.

So ist es nun auch wieder nicht, sagte Vera. Und wir haben uns gar nicht verkracht, wir sind nur nicht mehr zusammen.

Ihre Mutter schien nicht überrascht zu sein über das, was sie gerade gehört hatte. Sie beobachtete Vera nur und versuchte zu ergründen, was aus ihren Augen zu lesen sei.

Ist es wegen des Trinkens, fragte sie schließlich.

Wieso, meinst du?, sagte Vera und trank einen Schluck Tee aus der Porzellantasse.

Dieses Teeservice hatte Veras Mutter von ihrer Mutter geerbt, und diese hatte es in einem Antiquitätenladen in Amsterdam gekauft, und wenn man der Geschichte Glauben schenken durfte, war das Service mit der ersten Ladung Tee aus China nach Holland gekommen. Vera hatte diese Geschichte viele Male gehört, aber glaubte sie irgendwie nicht. Nichtsdestotrotz trank sie sehr gerne Tee aus diesen Porzellantassen. Sie gaben dem Tee – ähnlich wie kandierte Früchte – einen besonderen Geschmack.

Was könnte sonst schon sein, sagte ihre Mutter. Ihr gehört beide nicht zu denen, die von einer zweiten Pubertät erwischt werden. Ihr beide hattet – wie soll ich sagen – eine lange und bewegte Jugend.

Vera schwieg.

Das Trinken kann den Menschen ziemlich runterziehen, sagte die Mutter, es erwischt ihn einfach. Und Baba hat sich, soweit ich weiß, solchen Dingen nie widersetzt.

Baba ist nicht bis zu dieser Phase gekommen, Mama, sagte Vera. Er sagt zwar nicht Nein, setzte sie fort, das ist kein Geheimnis, aber das heißt noch nicht, dass er in der Phase ist, in der es zu einem ernsthaften Problem würde. Auf jeden Fall – sie setzte die Tasse auf das Tischchen ab – ist das Trinken nicht der Grund dafür, dass Baba und ich auseinander gegangen sind.

Aber was ist dann der Grund?, fragte die Mutter.

Vera stand auf und trat an die Kommode, auf der in einem Rahmen das Portrait ihres Vaters stand. Sie roch an dem Foto und hätte schwören können, dass sie den Geruch von Kölnisch Wasser wahrnahm. Vera konnte diesen Geruch nicht ausstehen, weil er sie an die Reisen mit dem Auto erinnerte, von denen ihr als Mädchen immer schlecht geworden war. Jedes Mal, wenn ihr Vater sie am frühen Morgen – besprüht mich mit Kölnisch Wasser – geweckt hatte, wusste Vera, dass sie diesen Tag im Auto in Richtung Meer verbringen und sich übergeben würde. Auch später noch, als die Pubertät die Übelkeit bei Autofahrten vertrieben hatte, drehte sich Vera der Magen um beim Geruch von Kölnisch Wasser.

Wir sind uns wohl gegenseitig überdrüssig geworden, sagte Vera und unterdrückte ihre Übelkeit, oder es ist eine Kleinigkeit bei Baba, die ich früher nicht bemerkt habe oder die mich früher nicht gestört hat. Vielleicht benutzt er das falsche Aftershave, oder die Art, wie er eine Zigarette hält, irritiert mich – ich weiß es nicht.

Dein Vater und ich…, begann die Mutter.

Ich weiß, Mama, unterbrach Vera sie, ihr seid gemeinsam durch viele Krisen gegangen und habt einander geholfen, ihr habt nicht aufgegeben und so weiter, bis euch der Tod getrennt hat, sein Tod, sie zeigte auf das Portrait ihres Vaters, aber ich möchte jetzt nicht darüber reden. Ich bin nicht gekommen, um mir Ratschläge abzuholen, ich bin gekommen, um es dir zu sagen und um Tee mit dir zu trinken. In Ordnung?

Ihre Mutter zuckte versöhnlich mit den Schultern.

Willst du hier einziehen?, fragte sie, obwohl sie schon im Voraus wusste, was sie hören würde.

Nein, lächelte Vera. Baba ist ausgezogen.

Und Baba lag in einem Zimmer im Erdgeschoss eines Hinterhofhauses in der Medulićeva Straße und dachte über die Literatur der ersten Hälfte des Zwanzigsten Jahrhunderts nach. Wie war ihm das in den Sinn gekommen? Zuerst erwischte ihn eine Depression, nachdem sein Blick durch das Apartment gewandert war und er zu begreifen begann, dass er hier wer weiß wie viele Tage, Monate oder Jahre zubringen würde. Im Vergleich mit dieser Wohnung erschien ihm Kančelis Betonhöhle, von der er normalerweise eine Gänsehaut bekam, wie ein ganz passabler Ort. Dann erlebte er einen Anfall von Paramnesie. Beschissenes Déjà-vu. Er kannte diesen Ort, er kannte ihn gut. Der starke Geruch nach Feuchtigkeit, die aufgequollenen Tapeten, zersetzt von grauen und braunen Flecken (wie uralte Seekarten), die Möbel, von denen sich das Furnier löste, die armselige Küche im Separee, das durch einen verwaschenen

Vorhang vom Zimmer getrennt war, die Gemeinschaftstoilette im Flur mit einer Waschschüssel aus Eisen und einem vergilbten, gesprungenen Spiegel. Und dieser Hinterhof, völlig überwuchert vom Unkraut, mit einer Stehkneipe und einer Autowerkstatt, zugemüllt mit kaputten Achsen, Motoren und allerlei anderen Autoteilen. Über solche Orte hatte Baba in den Geschichten der Schriftsteller vom Anfang des letzten Jahrhunderts gelesen, und er fragte sich, womit er es verdient hatte, die Vergangenheit auf diese Art und Weise neu durchleben zu müssen. Er schlief ein, während er darüber nachdachte, wie scheußlich doch die Lage war, in der er sich befand.

Er wachte in der Dämmerung mit Kopfschmerzen auf. Er setzte sich auf die Bettkante und brauchte einige Zeit um zu begreifen, wo er sich befand. Und zu begreifen, wo er war, machte es auch nicht besser. Durch das offene Fenster hallte ein Lied aus der Stehkneipe herüber, etwas über Seele, Herz und Augen. Er stand auf und ging zum Kühlschrank. Auch dieser stammte aus einer anderen Epoche. Er betastete die aufgereihten Bierdosen. Sofort ging es ihm besser. Auch der Kopfschmerz ließ etwas nach. Er nahm eine Bierdose und eine Flasche Wodka. Im Hängeschränkchen über der Spüle fand er ein bauchiges, geschliffenes Gläschen. Er stellte alles auf den Tisch und legte los. Auf die slawische Seele, Wodka, Bier. Auf das verwundete Herz, Wodka, Bier. Auf die schwarzen Augen, Wodka, Bier. Auf die Nockenwelle, Wodka, Bier. Er stand auf und holte sich eine neue Dose. Auf den Vergaser, Wodka, Bier. Auf Mažuranič, Wodka, Bier, und auf alle anderen Leibeigenen, Wodka, mannistdergut, Bier. Auf den Obodin-Kühlschrank, Wodka, Bier. Auf die dritten Zähne der Vermieterin, Wodka, Bier. Auf dich, mein Freund – er hob das Gläschen in

Richtung des Schattens, der vor seinem Fenster vorbeihuschte –, Wodka, Bier.

Baba tankte soviel, wie in ihn reinpasste. Auch sonst passte ziemlich viel rein, doch nun vergrößerte die Traurigkeit seine Kapazität. Es war schon nach Mitternacht, in der Stehkneipe waren die Geräusche schon längst abgestorben, als Baba enttäuscht feststellte, dass er nichts mehr zum Tanken hatte. Und er war immer noch gut dabei. Das Trinken hatte ihm kaum etwas ausgemacht. Eine Zeit lang saß er da und starrte in den dunklen Hinterhof. Dann schleppte er sich zum Bett, legte sich hin, vergrub Kopf und Fäuste im Kissen und begann zu weinen. Er winselte wie ein Hund. Dann stand er auf, ging zur Toilette und pisste alles wieder aus. Er schnäuzte sich die Nase, wusch sein Gesicht und strich sich mit nassen Fingern durch die Haare. Sein Bild im Spiegel entmutigte ihn nicht. Er schämte sich nicht seiner roten Augen und der geschwollenen Augenlider.

Ist mir doch scheißegal, dachte er. Nichts davon ist wahr. Ich bin in eine alte, beschissene Geschichte geraten, morgen wird alles wieder in Ordnung sein.

Er ging zurück ins Bett und schlief ein.

DARÜBER WAS SPÄTER KAM

Dies ist eine Geschichte mit Happy End. Wie schon Blaise Cendrars sagte: Traurig zu sein, ist zu leicht, zu blöd, zu bequem, ist nicht schlau und liegt immer auf der Hand.

Baba leidet nicht mehr unter der Angst vor der Rückkehr nach Hause. Er hat sich in dem Apartment in der Meduličeva eingelebt, er schreibt wieder einige seiner Sachen, treibt sich in der Autowerkstatt herum, lernt Automotoren zu reparieren, am späten Nachmittag trägt er einen Stuhl in den Hof, sitzt dort, raucht, denkt über das Leben mit Vera und verschiedene andere Dinge nach, und alles kommt ihm vor, als wäre es ganz weit weg. Er beginnt zu begreifen, wie unpraktisch es im Grunde ist, allein zu leben. Vor einigen Tagen musste er den Kellner bitten, ihm dreiprozentiges Hydrogen ins verstopfte Ohr zu tröpfeln. Und wie er schwitzte, bis er diesen üblen Pickel auf seinem Rücken erledigt hatte. Und was wartete noch alles auf ihn, wie viele dieser dämlichen Situationen, die ihm früher gar nicht in den Sinn kamen. Morgens ist er oben auf dem Dolac Markt, er sitzt in einem der Cafés, trinkt seinen Kaffee, beobachtet die Menschen und schreibt etwas in sein Heft. Er ist noch nicht zu Vera gegangen, um seine Sachen abzuholen. Er hat noch Zeit, denkt er. Der Sommer wird noch lange dauern. Bis dahin wird schon irgendetwas passieren, oder es passiert eben nichts. Wenn er über das Trinken nachdenkt, und das tut er häufig, sehr häufig, sagt er zu sich selbst: Mensch, besauf dich morgen, heute ist der Mond im ersten Viertel, und das ist ein schlechtes Zeichen... Lauter solche Dinge sagt er zu sich selbst. Er trifft Veras Mutter häufig in der Stadt. Sie gehen dann in ein Café, reden über das Wetter, darüber wie teuer dies oder das geworden ist und über ähnliche Dinge. Und jedes Mal fragt sie ihn, warum Vera und er sich getrennt haben, und er antwortet jedes Mal: Hauptsache wir sind gesund und leben noch. Es tut mir sehr leid um euch beide, sagt sie dann. Mir auch, mir auch, sagt er.

Vera dachte, dass das ganze Gewicht von ihr abfallen würde, wenn Baba endlich weg wäre. Sie würde morgens ausgeschlafen aufwachen, sich ausstrecken und die Augen reiben, und dann würde sie beginnen, alles zum ersten Mal zu erleben. Und sie hatte Recht. Der Kaffeegeschmack war neu – zumindest in den Feinheiten. So ein Pieksen im Gaumen, das sie noch nie erlebt hatte. Dann legte sie Björk in den Player und hörte die engelsgleichen, höllenhaften Töne. Eine ganze Skala von Tönen, die sonst nur bestimmte Drogen hörbar machen können. Oder sie kaufte sich auf dem Markt eine Aubergine, panierte sie sich, und während sie aß, las sie die transsibirische Prosa von Blaise Cendrars, und jedes Mal, wenn Jeanne fragte: Blaise, sag mal, sind wir sehr weit von Montmatre entfernt?, wurde sie nachdenklich. Noch immer aber überläuft sie ein Schauer, wenn sie nachts das Zuschlagen der Aufzugtür hört. In diesen kurzen Augenblicken ist sie ganz Ohr, atemlos lauscht sie den Schritten im Flur und atmet erleichtert auf, wenn diese vor einer anderen Tür halten und der Schlüssel in ein anderes Schloss gleitet.

Suzi hat sich endlich am Telefon gemeldet. Es tut mir leid, dass ich mich in dein Leben eingemischt habe, hat Vera zu ihr gesagt. Aber Suzi schwieg nur am anderen Ende. Und Vera legte den Hörer auf und murmelte vor sich hin: Du kleine, gefühllose Schlampe, du wirst es noch weit bringen. Einmal träumte sie von Tom. Seine Haare waren schütter geworden, um die Augen hatten sich Falten gelegt und ein Bierbäuchlein kam auch vor in ihrem Traum. Sie trafen sich auf dem Cvjetni Platz, so wie er einst war. Direkt neben der alten Wasserpumpe. Sie standen dort und beobachteten sich. Sie waren nicht überrascht und kreischten auch nicht entzückt auf, als sie sich wiedersahen. Es war gar nicht spektakulär. Sie waren nur ein wenig benommen. Als würden sie in wachem Zustand einen Traum fortsetzen, ruhig und langsam, als hätten sie Marihuana geraucht. Sie schicken sich weiterhin E-Mails, da das Internet schneller als die Post ist und billiger als ein Psychiater.

Kančeli bekam eine Stelle als Kellner im Asterix. Er gewöhnte sich sehr schnell daran, auf der falschen Seite der Theke zu stehen. Es fällt ihm etwas schwerer, sich an den elektrischen Herd, an das Telefon, den Fernseher und all die anderen lauten Dinge in der Wohnung zu gewöhnen. Und all diese Möbel. Ich ziehe nur im Paket mit diesen Sachen ein, hatte Elza zu ihm gesagt. Und Kančeli hatte keine Wahl. Das heißt, er hatte sie, aber man konnte das eigentlich nicht eine Wahl nennen. Manchmal spürt er, dass diese Dinge in der Wohnung um ihn herum ihm die Luft abschnüren, er beginnt zu ersticken. Dann nimmt er seinen Campingkocher, geht auf die Loggia, kocht sich einen Tee, und dann sitzen Elza und er dort, trinken Tee und sprechen über die Zukunft. Es sind keine großen Pläne, über die sie dann reden. Sie diskutieren darüber, was sie morgen zu Mittag kochen werden, welchen Film sie sich anschauen wollen und ob sie am Sonntag auf dem Sljeme oder dem Japetić spazieren gehen. Baba besucht sie mindestens einmal in der Woche. Sie setzen sich ins Wohnzimmer, laden auch Stjepan ein, und dann liest Baba ihnen seine Geschichten vor. Danach geben sie ihre Kommentare ab, und Baba akzeptiert die zahlreichen kritischen Bemerkungen ganz gefasst. Einmal fragte ihn Kančeli, ob er wolle, dass sie das nächste Mal auch Vera einladen. Baba starrte auf einen Punkt an der Wand. Du denkst also, sagt er nach einer gewissen Zeit, dass es möglich ist, einen Entzug zu machen, indem man weiter trinkt. Nein, aber das bedeutet nicht, dass ich die Flaschen nicht ansehen darf, sagte Kančeli. Das bedeutet es nicht, sagte Baba, aber du vergisst, dass die Menschen keine Scheißflaschen sind.

Stjepan hatte Magda seine Telefonnummer gegeben. Er hatte sie ihr noch an jenem Abend gegeben, als er aus Samobor zurückkam. Das war die Ankündigung wesentlicher Veränderungen in ihrer Beziehung, aber Magda brauchte dennoch lange dafür, sich an solche Situationen zu gewöhnen:

Hallo Magda, hier ist Štef.

Ich komme sofort.

Nein Magda, ich ruf dich an um zu fragen, ob du mit mir Kuchen essen gehen möchtest. Ich habe richtig Lust auf Bohème-Schnitten.

Andererseits findet es Magda gar nicht besonders witzig, wenn Stjepan manchmal, wenn sie aus irgendeinem Grund anruft, sagt:

Entschuldige Magda, aber mein Kleiner ist heute etwas depressiv. Geht es auch morgen?

Oder irgendeine andere Flegelei.

← ← ←

Und die Mädchen in der Videothek waren eine Zeit lang besorgt, weil Stjepan aufgehört hatte, sich Pornos auszuleihen.

Schade, dass er ihn nicht mehr hoch kriegt. So ein netter Alter, sagten sie.

Später hörten sie auf darüber nachzudenken.

Robi zog weg von seinen Eltern. Er mietete eine Wohnung in Dubrava und begann von der Buchhandlung zu leben. Seiner Mutter, die hartnäckig die Buchhandlung belagerte und auf ihn einredete, dass er nach Hause zurückkommen solle, antwortete Robi geduldig: Wenn du stirbst, Mama, ich komme zurück, wenn du stirbst.

Suzi konsumierte weiter ihre Jugend. Sie hatte ein wenig ein schlechtes Gewissen wegen der Art, mit der sie Vera abgespeist hatte, aber wirklich nur ein wenig, weil sie spürte, dass Vera ihr ihre Gefühllosigkeit nicht zu sehr verübeln würde. Mitleid, das lernt man doch, das kommt mit den Jahren, oder nicht? Sie bekam eine Rolle in dem Pilotfilm zu einer Serie. Das Drehbuch war nichts Besonderes, aber das störte sie nicht. Sie dachte: Gebt mir irgendwas, ein Telefonbuch meinetwegen, und ich spiele es mit ganzem Herzen.

Und Čombe lebte weiter auf der Strecke Stjepan – Kančeli. Die beiden störte das nicht. Ihn auch nicht.

VERLAG
VOLAND
& QUIST
Tattoogeschichten
EDO POPOVIĆ
mit Illustrationen von
IGOR HOFBAUER
WWW.VOLAND-QUIST.DE

btb

Dimitré Dinev

Engelszungen

Roman. 608 Seiten

ISBN 978-3-442-73316-3

Iskren und Svetljo treffen einander zum ersten Mal am Wiener Zentralfriedhof, am Grab des Genossen Miro. Dessen letzte Ruhestätte ist Anlaufstelle für alle, die auf ein Wunder hoffen. Und ein Wunder haben die beiden dringend nötig, denn bis jetzt war ihnen das Glück nicht besonders hold. Nach ihrer Flucht aus Bulgarien sind sie beide über zahlreiche Umwege in Wien gestrandet, und ohne es zu wissen, sind ihre Schicksale seit ihrer Geburt eng miteinander verknüpft…
Eine opulente Familiensaga vor dem Hintergrund der Geschichte Bulgariens.

»Ein bestrickender Coming-of-Age-Roman mit einem guten Schuss slawischem Humor.«
Brigitte woman

»Phantastisch, empfindungsreich und originell.«
Literarische Welt

»Ein Winterabendroman, traumschön geschrieben.«
Die Zeit

btb

Juli Zeh

Die Stille ist ein Geräusch

Eine Fahrt durch Bosnien

272 Seiten
ISBN 978-3-442-73104-6

Juli Zeh reist, nur begleitet von ihrem Hund, nach Bosnien. Sie möchte mit eigenen Augen sehen, ob »Bosnien-Herzegowina ein Ort ist, an den man fahren kann. Oder ob er zusammen mit der Kriegsberichterstattung vom Erdboden verschwand«. Mitgebracht hat sie eine eindringliche Reiseschilderung aus einem Land, das in einem prekären Frieden lebt, in dem gehasst, aber auch gelebt wird. Sie versucht nicht, Gut und Böse zu erkennen, Erklärungen zu finden, sie erzählt vielmehr spannend und oft witzig von einem Land, in dem die Stille selbst eine Stimme hat.

»Juli Zeh hat eine wahre Flut von Erfahrungen und Geschichten mit nach Hause gebracht, die nicht in die schwarz-weiß gemalten Klischees passen wollen. Ihr Buch öffnet die Augen für die Rätsel eines Krieges und eines prekären Friedens jenseits der gängigen Ideologien.«

Focus

»Juli Zehs Bericht über zerstörte Städte und Dörfer ist witzig und traurig zugleich – und macht sogar Hoffnung.«

Stern

»Ein bemerkenswertes Stück Literatur.«

Die Welt